外国名作家文集・威尔斯卷　王逢振 | 主编

摩罗博士岛

THE ISLAND OF DR. MOREAU

[英] H.G.威尔斯 / 著
余莉 / 译
Herbert George Wells

漓江出版社

图书在版编目（CIP）数据

摩罗博士岛 /（英）H.G. 威尔斯 (Herbert George Wells) 著；余莉译；王逢振主编. -- 桂林：漓江出版社，2022.1
ISBN 978-7-5407-9114-8

Ⅰ. ①摩… Ⅱ. ① H… ②余… ③王… Ⅲ. ①幻想小说 - 英国 - 现代
Ⅳ. ① I561.45

中国版本图书馆 CIP 数据核字 (2021) 第 137202 号

MOLUO BOSHI DAO
摩罗博士岛
［英］H．G．威尔斯　著
余莉　译
王逢振　主编

出版人：刘迪才
策划编辑：沈东子 辛丽芳
责任编辑：胡子博
装帧设计：周泽云
责任监印：杨东

漓江出版社有限公司出版发行
广西桂林市南环路 22 号　邮编：541002
发行电话：010-65699511　0773-2583322
传真：010-85891290　0773 - 2582200
邮购热线：0773-2582200
电子信箱：ljcbs@163.com
微信公众号：lijiangpress
印制：北京中科印刷有限公司
［北京市通州区宋庄工业区 1 号楼 101 号 邮编：101118］
开本：880mm × 1230mm　1/32
印张：5.25　字数：109 千字
版次：2022 年 1 月第 1 版
印次：2022 年 1 月第 1 次印刷
书号：ISBN 978-7-5407-9114-8
定价：35.00 元

[英]H.G. 威尔斯

(Herbert George Wells, 1866—1946)

目 录

前言：难忘的威尔斯

西方科幻小说具有漫长而丰富多彩的历史，其根源可以上溯到古希腊古罗马的一些推测性著作。但是，作为现代的一个文类，它大体上始于18世纪后期同时出现的两次革命：法国革命和工业革命。这些革命的后果之一是复活并改变了乌托邦传统，从空间性转向了时间性，从对地球上某种想象的理想社会的描写转向了对更好的社会模式的思考，并期望通过政治变革在自己所处的社会里实现。科幻小说就是产生于这样一个时刻。它以想象的小说形式，思考社会的变革，思考它的未来，以及科学技术对这种变革可能发生的作用。威尔斯的科幻小说正好体现了这一时代性的变化。

H．G．威尔斯（Herbert George Wells, 1866—1946）是英国著名科幻作家，有人把他和法国作家儒勒·凡尔纳称为科幻小说之父。威尔斯出身贫寒，父亲早年做过园林工人，后来开一家小店，很快破产，母亲不得不到别人家去做用人和管家。为了把自己的家庭提高到中产阶层，她便让威尔斯像他的哥哥那样到布店当学徒。1883年，威尔斯到米德赫斯特一个小学当老师。后来，他获得伦敦师范学校的奖学金，师承T．H．赫胥黎学习生物学。赫胥黎是达尔文进化论和科学人文主义的鼓吹者，对威尔斯产生了重大影响。此后他接着教书，通过自学获得了学位，并在为大学函授学院工作时写了两本教科书（1893年发表）。他热衷于科学报刊，1891年发表了他的第一篇文章《独特性的重新发现》。1893年，他开始经常写一些文章和短篇故事。

他早期最重要的文章是《百万年的人》（*The Man of the Year Million*, 1893）。在这篇文章里，他大胆描绘了自然科学最终会使人改变的情形：人变成了一种怪异的生命，头和眼睛巨大，身体变小，手非常纤巧，永远沉浸在营养液里，并且在太阳变冷之后，被迫退居到地球表面之下。其他早期的文章有《飞人的出现》、《到太阳旅行》（关于太阳系风暴和电磁浪潮的宇宙观）、《可能出现的活东西》（谈到了以硅为基础的生命的可能）和《人的消失》等。这些颇有想象力的作品后来收入《H．G．威尔斯早期科学和科幻作品选》。他早期的故事并无太多的冒险，大多描写人与奇异生命形式的相遇，如《偷窃的杆菌》（*The Stolen Bacillus*）和《奇怪的兰花开放》（*The Flowering of the Strange Orchid*）等。

《顽固的亚尔古英雄》（*The Chronic Argonauts*）是他1888年为《科学流派》杂志写的系列文章，后来他的重要作品《时间机器》（*The Time Machine*）就是以这些文章为基础写成的。《时间机器》勾勒了未来地球生命的进化：人类再分为柔弱的埃洛伊人和野兽似的莫洛克人；两种人最终都消失了，而随着太阳变冷所有已知的生命也都衰败。正如所有经典作品一样，人们永远可以从中解读出新的意义。有人认为《时间机器》反映了当时英国资产阶级的腐朽生活和工人阶级被迫在地下劳动生活的悲惨状况，也有人认为它反映了达尔文的进化理论，还有人认为它表现了追求公正、消除社会偏见和虚伪的愿望，今天更有人把它与生态问题联系起来。无论如何，有一点是肯定的：威尔斯的科幻小说主要关注的是社会问题。这大概也是他的作品被称作社会科幻小说的主要原因。

《摩罗博士岛》以纪实的方式讲述故事。普伦迪克在一场海难中大难不死，登上了一个无名岛。这个岛由摩罗博士控制，整个岛笼罩着一种神秘的氛围。摩罗博士利用尖端的活体解剖技术，从动物中创造像人一样的物种：鬣狗猪人、豹人、半人半兽的猩猩、猪女人、狗人……后来摩罗博士在追逐美洲狮人时死于非命，失去控制的兽人又恢复了原来的兽性。人们一般认为这部小说是一个精巧的恐怖故事，其实它包含更多、更深刻的东西。摩罗博士的实验与小说的哲学框架相互关联，作者在兽人的兽性和人性之间保持着微妙的平衡：在它们最具有人性时，它们又显示出兽性；在它们最具有兽性时，它们又显示出人性。《摩罗博士岛》表明，威尔斯试图综合进化论和宗教观念，展现一种新世纪的新神话：过去野兽本能地适应环境，自由自在地生活；如今它们挣扎在人类的枷锁之中，充满恐惧，永无宁日，受尽无法理解的法则的折磨。这显然象征着现代的资本主义社会。

《隐身人》（*The Invisible Man : A Grotesque Romance*）是威尔斯的又一部经典之作。如英文副标题所表明的，它是一部奇异的罗曼司。隐身人狂热地追求科学发明，但因为贫穷，便去偷去抢，甚至造成他父亲自杀；为了获取权力，他借用隐身术杀人；为了复仇，他丧失了生命。在某种意义上，这是一本关于科学的傲慢带来毁灭的作品。因此，它的基本主题是科学在社会中的作用问题。威尔斯在赞叹科学力量的同时，表明了科学的发展不一定促进社会进步，对科学的利用——造福人类还是危害人类——实质上是一个政治问题。今天，学界非常关注的现代性问题，同样也涉及科学发展和社会发展的关系问题。

威尔斯关于社会问题的描写，更突出地体现在他的《星球大战》之中。奇形怪状的火星人侵犯地球，他们凭借一种巨大的机器，横行无阻，用热光、毒气和火箭杀害所有的人。村庄和城镇被毁灭，伦敦也难逃厄运。他们靠吸食其他动物和人的鲜血为生，不知疲劳困倦，而且无性别之分。火星人征服了人类，成为世界的主人，迫使人类像动物一样生存。但是，由于他们缺乏对病菌的免疫力，最终一下子全死了；而人类因为能够适应地球的环境，继续生存下来。《星球大战》无疑受到进化论和科学人文主义的影响。如果从今天文化研究的角度解读，也可以说它反映了帝国主义和殖民地的关系。火星人象征殖民主义者，他们依靠坚船利炮在非洲和亚洲横行霸道，但最终被驱逐出境。其实，就在小说出版之际，英帝国就为掠夺资源在南非发动了侵略战争。小说把背景设在伦敦，显然具有反讽的意味。小说于 1938 年被美国改编成广播剧，一时间大为流行；1953 年被改编成电影（背景改为洛杉矶），被誉为乔治·帕尔拍摄的最成功的影片；1988—1990 年又被改编成电视连续剧，同样赢得了大量观众。

在《探月之旅》(《最先登上月球的人》) 里，威尔斯的想象力再次凌空翱翔。小说描写科学家加富尔研制成一种能阻挡万有引力的物质，并用它制造出一只飞行球，与朋友贝德福一同前往月球探险。登月后，两人遭遇月球人的追捕，贝德福逃回地球；加富尔不幸被捕，囚禁在月球的地下世界。后来，加富尔向地球发回信息，描绘月球人的身体构造和社会结构。月球人根据各自担任的社会职责，用生物药剂刺激某部分器官畸形发展，如数学家的脑袋硕大无朋但四肢萎缩，警察肌肉发达，邮差腿脚细长，等等。这些奇形怪状的月球人，影射从事各种职业的现代人，抨击资本主义社会劳动分工造成人类的异化。小说惊心动魄的追击场面，严密的逻辑推理，以及瑰丽多姿的月球风光，吸引了大量读者。

《时空传奇》由五个妙趣横生的故事组成。在这些故事里，威尔斯以科幻小说为媒介，试图探索人性的永恒真理。故事发生在史前期的过去，经历了几个世纪的未来。威尔斯以其对维多利亚时期特有的敏感，描绘了关于未来寓意深刻的画面，常常精致入微，甚至在省略的地方也包含某些事件终将出现的意味，令人不得不驰骋自己的想象参与其中。因此有人说，这本书是读者特别是科幻迷必读的作品。

总起来看，威尔斯是一位极富想象力的作家，而且他的想象力以生物和历史可能性为基础，把异想天开的事件提升到艺术领域。因此人们认为，他的最好的作品是科幻小说应该追求的典范。虽然他渴望成为主流著名作家的欲望使他大胆的想象力一度受到约束，但他仍然被认为是英国科幻小说之父，是科幻界的天才。已故世界科幻协会主席布莱恩·奥尔迪斯曾说:“他是科幻界的莎士比亚。”确实，他对后来的科幻小说，尤其美国科幻小说的发展，产生了重大影响。

这里选译的几部作品，在国外均可以称之为长篇小说，就字数而言，或许在中国有些要算较长的中篇，但无论如何，它们是威尔斯科幻作品中的佼佼者，体现了威尔斯作品的主要特点。今天，随着科技的发展，科幻小说正在我国兴起，相信威尔斯的这些经典作品会为我国科幻小说的创作和发展提供有益的借鉴。

科幻小说是充满想象和幻想的作品，因此阅读科幻小说不能采用常规的方法，而应该充分调动自己的想象力，驰骋自己的奇思幻想，唯有如此，才能体会其中的妙趣。

小说的出版得益于沈东子和辛丽芳的帮助，这里谨向他们和责任编辑胡子博致以衷心的感谢。

当然，像任何选集一样，仁者见仁，智者见智，很难摆脱编选者的主观性甚至偏见。我们真诚期待广大读者和方家的批评指正，同时也期待对小说的翻译提出宝贵意见。

王逢振

2020年仲秋

引　子

1887 年 2 月 1 日，一场海难将薇恩夫人号船抛在南纬 1° 、西经 107° 附近。

1888 年 1 月 5 日——十一个月零四天之后——我的叔叔，一介平民爱德华·普伦迪克在南纬 5° 3′ 、西经 101° 的地方被一条小小的敞篷船救起，他应该是在卡亚俄登上薇恩夫人号的，大家曾以为他淹死了，敞篷船的名字不详，不过，它应该属于失踪的双桅船图根号。说到自己的经历，他言语混乱，人们都以为他疯了。随后，他又声称，从他逃离薇恩夫人号的那一刻起，他的大脑就一片空白。当时的心理学家将他作为在身体和精神的双重压力下丧失记忆的一个古怪病例加以讨论。下面的故事出自有正式签名的文件，签署人是他的侄子，也是他的继承人，但未附任何明确的出版声明。

在我叔叔被救起的地区，唯一为人所知的岛屿是贵人岛，这座孤岛是一座火山岛，且无人居住。H.M.S. 斯高皮安 1891 年造访过该岛。后来，一群海员曾登上该岛，但只发现了一些奇怪的白色飞蛾、野猪和野兔，以及十分怪异的老鼠，除此之外，根本没有其他的活物。所以，这里所讲的故事根本无法证其真伪。弄清楚这一点，我相信，将这个奇怪的故事公之于众是符合我叔叔的心愿的。至少它本身提供了这些内容：我叔叔不知道什么南纬 5°、东经 105°，在过了十一个月之后，他重新出现在这片海洋的同一个地区。他肯定在中间的某个时候在这里待过。而且好像是有一艘叫图根号的船，船长约翰·戴维斯总是醉醺醺的，这艘船确实是 1887 年 1 月从非洲起航，船上有一头美洲狮和一些其他动物，它在南太平洋的好几家码头都声名赫赫，它最终从那些海域消失了（船上还装有大量的椰干），于 1887 年 12 月从巴纳出发驶向它未知的命运，那个日子与我叔叔的故事完全对得上。

查尔斯·爱德华·普伦迪克

本故事出自爱德华·普伦迪克亲述

第一章 在薇恩夫人号的救生艇上

我确实不想对薇恩夫人号船失踪的现有书面材料再添油加醋。它从卡亚俄起程，十天后撞上了一艘弃船。十八天后，这艘大船连同七个船员被麦特尔号炮艇救起，他们的历险像水怪梅杜莎的故事一样人尽皆知，却更加恐怖。但我必须为已经发表的薇恩夫人号的故事补充一点可能同样恐怖，却更加离奇的东西。迄今为止，人们一直以为救生艇上的四个人已经归天，但不是这样的，我有最好的证据来证明这一点：

我——爱德华·普伦迪克，就是那四个人之一。

不过，我必须先声明一点，救生艇上的人数从来就不是四个，而是三个。据 1887 年 3 月 17 日的《每日新闻》报道，有个叫康斯坦斯的人，“船长看见他朝艇上跳”。但是，对我们而言，幸运之至；对他而言，却不幸至极——他没能跳到我们身边。事实是，当时船首的斜桅已经被击碎，康斯坦斯从那下面的一团缆索中钻出来，往下跳的时候，一截很短的绳索套住了他的脚踝，他头朝下吊在那儿，随即跌落，撞上了漂在水里的木头或圆材。我们朝他划去，但他再也没有出现。

我说他没有跳到我们身边是我们的幸运，我甚至要说这对他同样幸运；因为我们只有很少的一点点淡水和已经泡烂了的饼干，警报来得太突然，轮船也没有任何抗击灾难的准备。我们以为游艇上的人各方面条件应该更好（尽管情况似乎不是这样），我们试着向他们呼喊。他们不可能听见，第二天早上，雨过天晴——已经过了正午——他们已经无影无踪了。我们没法站起来环顾四周，因为小船一直在颠簸摇荡。其他两个和我一道逃离的人，一个叫豪靡，同我一样是一名旅客；另一位是名水手，不知道叫什么——矮小壮实，有点结巴。

我们饿着肚子在水上漂流，等到淡水喝光的时候，难以忍受的焦渴又开始折磨我们，我们已经一起过了八天。第三天，海水渐渐平息下来，平滑宁静。平常读者无法想象那八天的日子。他的记忆中没有这样的经历，这是他的幸运。第一天之后，我们彼此基本不说话，我们躺在小船上各自的空间里，眼睛注视着地平线，或望着什么地方，眼睛一天比一天大，目光一天比一天憔悴，痛苦和虚弱渐渐向我们袭来。烈日灼人。第四天，淡水没有了，我们已经开始胡思乱想，这从各自的眼神中看得出来；不过，我想是到了第六天，豪靡将我们一直都在想的事情说了出来。我记得我们的声音干涩微弱，所以我们要说话，都先靠近彼此。我竭力反对，宁可放弃这条船，一起葬身尾随我们的鲨鱼群；但是，豪靡说，如果采纳他的建议，我们就有喝的了，这时，水手便转而支持他了。

不过，我不会要求抽签决定，晚上，水手不停地对豪靡嘀嘀咕咕，我手握折刀坐在船首，尽管连我自己都怀疑我是否真的有打架的能耐；到了早上，我同意了豪靡的建议，于是，我们拿出半个便士来决定谁会成为那个倒霉蛋。结果是水手；但他是我们当中最壮的，他不服从这个结果，而且动手和豪靡打了起来。他们扭作一团，几乎要站起来了。我顺着船爬到他们跟前，想要抓住水手的腿来帮豪靡一把；可是，小船摇摆不定，水手无法站定，最后，两人跌倒在船舷上，一起滚入水中。他们像石头一样沉没了。我记得自己当时笑了起来，可我不明白我为什么笑。这一笑突然让我觉得自己好像是个局外人。

我躺在一张座板底下，因为我不知道还要多久，我想，如果有力气，我就喝海水，让自己在疯狂中赶快死掉。然而，即使躺在那里，我还是看见了，当时觉得那只是一幅图画，我看见一艘帆船从天边向我驶来。我心里一定在疑惑，但我记得发生的一切，记得非常清楚。我记得我的脑袋随着海水摇来摇去，地平线随着那帆船上下舞动；但我同样清楚地记得，我当时相信自己已经死了，而且我当时想，他们来迟了，用这么个小东西来取我的身体。

时间好像没有尽头，在我来看是这样的，我将头枕在座板上，望着那条帆船（那是一条小船，装着纵向帆）从海上驶来。因为是逆风航行，它一直在辽阔的海上时进时退。我的脑子里压根儿没想过要吸引外界的注意，在看到它的船舷之前，我什么都记不清楚了，直到我发现自己躺在一间小小的尾舱里。我隐约记得自己被抬上舷梯，记得一张圆脸，上面满是雀斑，红头发，从船舷上注视着我。我断断续续的印象中还有一张黝黑的面孔，眼睛很特别，离我非常近；但我以为那是一场噩梦，直到我再次看到它。我估计有什么东西从我的齿缝间灌了进来。——就这些。

第二章 漂泊者

我醒来后发现，那个舱房很小，而且十分杂乱。一个年轻人坐在旁边，握着我的手腕。他长着一头黄头发，粗硬的胡子是草黄色，下嘴唇耷拉着。有那么一会儿的工夫，我们看着对方，却什么也没说。他的灰眼睛水汪汪的，奇怪的是却空无表情。这时，从头顶传来一个声音，很像是在敲打铁床架，还有某种大动物愤怒的咆哮声。同时，那个男人开口了。他重复在问他的问题："你现在感觉怎么样？"我想我说的是感觉很好。我想不起来我是怎么到的这儿。他肯定从我的脸上看到了这个疑问，因为我的声音连我自己都没听到。

"我们在一艘小船上发现了你，你当时快要饿死了。小船上的名字是薇恩夫人号，船舷上有血迹。"

与此同时，我的眼睛看到了我的手，瘦得就像一个肮脏的皮袋，里面装了些松散的骨头，小船上的一切又浮现在我的脑海中。

"吃点这个。"他说着，递给我一小团红色的东西，是冰冻的。

那东西尝起来像是血的味道，我觉得有了些力气。

"你很幸运，"他说，"救你起来的船上有医生。"他说话的时候有点流口水，口齿也不太清晰。

“这是什么船？”我说得很慢，长时间的沉默使我的嗓子嘶哑。

“从阿里卡和卡亚俄来的小商船。我没问它最初从哪里出发——那个地方的人天生就是傻子，我猜是这样的。我自己也是来自阿里卡的旅客。船主人是头蠢驴——他也是船长，叫戴维斯——他把证件什么的搞丢了。你知道这种人——他称它图根号，最愚蠢、最倒霉的一个名字。即使大海上一点风也没有，它也照样能航行。”

（这时，头顶上的那种噪声又开始了，凶狠的咆哮混合着人的声音。然后，加进来另外一个声音，是让某个“天打雷劈的混蛋”停下来。）

“你都快死了，”我身边的那个人说，“就差一点点，真的。但我现在已经给你吃了点东西。感觉到胳膊酸吗？打过针的原因。你差不多有三十个小时一点知觉都没有。”

我的脑子转得很慢。（我当时被一群狗吠吵闹得心神不宁。）“我能吃固体食物吗？”我问道。

“这你得谢谢我，”他说，“羊肉刚开锅。”

“是的，”我很有把握地说，“我可以吃一点羊肉。”

“可是，”他犹豫不决地说，“你知道我特别想知道你怎么会一个人在那条船上。吵死人了！”我想我在他的眼睛里看到了怀疑。

他突然离开舱房，我听到他和什么人在争吵，那个人好像语无伦次地跟他说着什么。好像打起来了，不过，我想是我的耳朵听错了。他又对狗吼了几句，然后回到舱房。

“嗯？”他站在门口说，“你刚才正要告诉我。”

我告诉他我叫爱德华·普伦迪克，还告诉他我靠博物学来打发原本自在舒适却乏味无聊的日子。

他似乎对这些很感兴趣。“我自己做过一些科学研究。我在大学里学生物——研究蚯蚓的卵巢和蜗牛的齿舌，等等。上帝！那都是十年前的事了。不过，继续！继续！给我说说那条船。”

他显然对我的坦率感到满意，我用最简单的句子给他讲了我的故事，因为我觉得特别虚弱；我刚讲完，他便马上回到博物学的话题和他自己的生物研究。他开始详细地向我打听托特纳姆法院路和高尔街。“凯普拉兹还是那么兴旺吗？那是个多么好的商店呀！”很显然，他先前是个学业平平的医科学生，他漫不经心地扯到音乐厅的话题上。他还给我讲了几件趣事。

“算了，”他说，“都是十年以前了。那时候真是痛快呀！但我自己干的净是蠢事——二十一岁之前整天就是疯狂享乐。我敢说，现在完全不一样了。不过，我现在得去看看那个同样蠢的厨子，看他把你的羊肉做成什么样了。”

头顶上又开始了新一轮的咆哮，特别突然，特别凶猛，把我吓了一大跳。“那是什么东西？”我冲着他背后喊道，但门已经关上了。他再回来的时候，端着羊肉，闻到那诱人的香味儿，我激动不已，竟然忘了那烦人的畜生的吼叫。

吃了睡，睡了吃，这样过了一天，我恢复得好极了，可以从床上起来到天窗跟前，看见碧绿的海水平静地在我们周围荡漾。我判断，这艘帆船正顺风行驶。蒙哥马利——那个黄头发男人的名字——又过来了，我当时正站在那里，我向他要几件衣服。他借给我几件他自己的帆布衣服，我在船上穿的衣服已经被扔到海里去了。他的衣服穿在我身上松松垮垮的，因为他体型高大，四肢发达。他随口告诉我，船长在他自己的船舱里烂醉如泥。我问他借衣服时，开始打听这艘船的目的地一类的事。他说是夏威夷，但得先让他上岸。

“在哪里？”我问道。

“是个岛，我住在那儿。据我所知，它没有名字。”

他盯着我，下嘴唇耷拉着，突然间显出一副愚顽的样子，我甚至觉得他是故意想避开我的问题。我赶紧闭嘴，不再问任何问题。

第三章 怪脸

我们出了舱房，发现近处有个人挡在我们前面。他站在梯子上，背对着我们，朝着舱口围板的上方探望。这是个畸形人，我看得出来，他个头矮小，身躯肥大笨拙，驼背弓腰，脖子上的汗毛很重，脑袋陷在两肩之间。他穿了一件深蓝色哔叽布的衣裳，头发是黑色的，又多又硬。我听到那些狗在疯狂地吠咬着，虽然看不见它们，他猛地往后一缩，碰到了我的手——我刚好伸手要把他挡开。他像个敏捷的动物一样转过身来。

说不清是怎么回事，我被这张突如其来的黝黑面孔惊呆了。那是一张奇丑无比的脸。脸部突起部分的样子让人隐约觉得是鼻子，半张着的大嘴里那口大白牙是我在人嘴里见过的最大的牙。他的眼角充满血丝，褐色的瞳孔周围有一圈几乎看不到的白色。他的脸上莫名其妙地泛着兴奋的光。

“你他妈的！”蒙哥马利说，“该死，怎么不让路？”

黑脸男子一言不发地看着旁边。我走过去，本能地盯着他。蒙哥马利在下面站了一会儿。“这儿没你的事了，明白吧，”他的语气很做作，“你的位置在前面。”

黑脸男子蜷缩成一团。“他们——不让我在前面。”他缓慢地说，声音嘶哑，让人觉得很别扭。

“不让你在前面！”蒙哥马利说，声音里充满威胁，“但我告诉你了，到那儿去！”他差一点脱口而出要再说什么，突然看了看我，便跟着我顺着梯子上来了。

通过舱口的时候，我停了下来，回头看，这个黑脸家伙的丑怪模样仍然让我惊讶不已。我以前从未见过如此丑陋、如此诡异的脸，而且——难道真是我的脑子出了问题——我同时有一种特别的感觉，不知为什么，我的确见到过这些令我迷惑的特征和姿势。后来，我记起来，也许是我被抬上船的时候见过他；但这几乎不可能令我释怀，我怀疑他是我从前的一个熟人。但怎么可能见过这样一张独一无二的脸却忘记了确切的情景？这令我难以想象。

蒙哥马利跟在我后面，他发出的响动转移了我的注意，我回头打量这艘小帆船的甲板。对于我要看到的东西，因为那些声音，我已经有所准备。我的确没见过这么脏的甲板。到处是吃剩的胡萝卜，一丝一片的绿莹莹的东西，还有说不上是什么的污物。用锁链拴在主桅杆上的是几只狰狞的猎犬，它们跳着朝我吠咬。靠着后桅，一只巨大的美洲狮在一个小小的铁笼子里抽搐，笼子太小了，它连转身的空间都没有。再远些的右舷墙旁边是几个大笼子，里面装着很多兔子，一匹孤独的美洲驼被硬塞在船前部的一个箱子里，那简直就是个盒子。那些狗的鼻子上都拴着皮带。甲板上唯一的人是在默默掌着船舵的瘦削憔悴的水手。

脏兮兮的后樯纵帆修补过，顺风胀满，这条小船的顶上似乎每一片帆都扯了起来。天空晴朗，太阳落向西天；轻风泛起长长的波浪，浮着水沫，随着我们一起前行。我们从舵手旁边走过，来到船尾，看水波在船下翻腾，水花跳跃着，随后消失在船的尾流中。我转过身忖度这条船的长度。

“这是个海洋动物园吗？”

“看起来很像。”蒙哥马利说。

“这些动物是用来干什么的？卖掉？珍品？船长想把他们卖到南部海域的什么地方吗？”

“看起来是这样，不是吗？”蒙哥马利说，又转过脸朝着船尾。

突然，我们听到一声尖叫和一连串狂暴的咒骂从旁边的舱口传来，那个黑脸的畸形人急匆匆跑上来。他后面紧跟着一个男子，男子一头浓密的红头发，戴着一顶白帽子。看到前者，那群猎狗便异常亢奋起来，它们这时已经懒得对我叫了，它们嚎叫着，跳着要挣开锁链。黑脸男人在它们面前犹豫了一下，那个红发男人趁机赶上来抓住了他，在他肩胛骨之间一顿暴揍。

可怜的家伙像头被击倒的牛跌在地上，在亢奋的猎狗中间的污物上打滚。对他而言，幸运的是它们都从鼻子上被勒住了。红头发男子洋洋得意地叫了一声，晃晃悠悠地站住了，我觉着无论是向后退到旁边的舱口，还是向前到他的俘虏那里，都一样危险。

很快又出现了第二个人，蒙哥马利开始向前走。“待在那儿别动！”他高声喊道，语气严厉。几个水手从前部的水手舱出来了。黑脸男人声音乖戾地哀嚎着在猎狗们的蹄爪之间打滚儿。没人要去帮他。这些畜生拼命地恐吓他，用鼻子和嘴撞他。它们柔软的、疲惫的身体在这个笨拙的仆倒在地的人的身体上快速地跳来跳去。前舱的水手们欢呼着，仿佛这是一场精彩的比赛。蒙哥马利愤怒地吼了一声，大步走下甲板，我跟在他身后。黑脸男人爬起来，跌跌撞撞地朝前走，又绊倒在主桅边的船樯上，他坐起来扭头怒视着那些狗，大口大口地喘息。红发男人满足地笑了。

“你看看这里吧，船长，”蒙哥马利说，他结巴得更厉害了，一边抓住红发男人的胳膊，“不能这样！”

我站在蒙哥马利身后。这场混乱进行到一半的时候，船长来了，瞪着一双醉鬼的呆滞、阴郁的眼睛看着他。“不能怎样？”他问道，睡眼昏昏地对着蒙哥马利的脸看了一会儿，又补充道，“该死的外科医生！”

他突然挥了挥胳膊，但试了两下，感觉不行，便把两只满是斑点的拳头插在了口袋里。

“那个人是旅客，”蒙哥马利说，“我对你说过，别碰他。”

“见鬼去吧！”船长吼了一声。他突然转身踉踉跄跄地走到边上。“在我的船上就得听我的。”他说道。

我以为蒙哥马利这时可能会离开，他知道这个心狠的家伙喝醉了；但他只是脸色变得更加苍白。他跟着船长走到舷墙那里。

“你听我说，船长，”他说，“我的那个人不能受欺负。从他上船起，他就没好过过。”

有一会儿的工夫，船长满嘴喷着酒气，什么也没说。“该死的外科医生！”他认为这一句就够了。

我看得出来蒙哥马利有股子不紧不慢的牛脾气，他会一天天升温到白热化，到那时便再也不可能冷静下来，宽恕任何人和事了；我也看得出来，这场争吵已经酝酿了一段时间了。“他喝醉了，”我说，也许有些唐突，“没你的好儿。”

蒙哥马利那耷拉着的下唇难看地撇了一下。“他就没有不醉的时候。你认为那是他殴打他的船客的理由吗？”

“我的船，”船长开口了，朝那些笼子胡乱挥着手，“是一条干净船。看看现在这个样子！”确实，说它什么都可以，就是不干净。“水手，”船长继续说，“是干净的水手，体面的水手。”

“你同意带这些畜生的。”

“但愿我从未见过你那个倒霉的岛。搞什么鬼——想给那样一个岛上弄些动物？还有，你的那个人——我知道他是个人——他就是个疯子；他不应该在尾舱呀。你以为整条船都是你的吗？”

“你的水手从那个可怜的家伙一上船就开始欺负他。”

“他就该受这些——他是个鬼！一个丑陋鬼！我的人受不了他。我受不了他。我们中没人受得了他。你也一样！”

蒙哥马利转过身。“不管怎么说，你让那个人自己待着吧。”他一边说，一边点点头。

但是，船长现在想吵一架，他提高了声音。“如果他再到船的这一头来，我就把他的下水打出来，我告诉你。把他的下水打出来！你算老几，告诉我我该做什么？我告诉你，我是这条船的船长——我是船长和主人。在这儿我就是法，我告诉你——我就是法律和公理。我愿意带一个人和他的用人从阿里卡来，再回到阿里卡，还带回一些动物。但我从来没想着带一个鬼一样的疯子和一个傻瓜医生。一个……”

别管他称蒙哥马利什么。我看到后者往前跨了一步，我拦在他前面。“他喝醉了。”我说，狠狠地给了他一下，因为我在蒙哥马利煞白的脸上看到了危险。这一来，我便把火引到了自己身上。

但是，我很高兴避免了一场一触即发的混战，尽管是故意曲解了船长那醉醺醺的恶意。我想我之前从未听到任何一个人一下子说出这么多如此恶毒的话语，虽然我也经常有一些有怪癖的朋友。即便我是一个性情温和的人，我还是觉得当时的情况有些难以忍受；但是，当然了，当我跟船长说“闭嘴”的时候，我忘了自己不过是个捡了一条命的人，一文不名，连船票都没买；是这条船上靠人家施舍的叫花子，或见风使舵的人。他理直气壮地提醒我别忘了自己的身份；但不管怎么说，我避免了一场斗殴。

第四章　在船栏边

那天傍晚，太阳已经落下去了，陆地映现在眼帘中，船要在那里停泊。蒙哥马利的表情说明那是他的目的地。因为离得太远，看不清那上面的具体情形；在我看来，那不过就是渺茫的蓝灰色海边一块蓝色的低地。一股轻烟从那里升入天空。看见那片陆地的时候，船长不在甲板上。他把自己的雷霆之怒发泄到我身上之后，便摇摇摆摆地下去了，我知道他回自己的舱房倒头大睡去了。大副实际上在发布指令。他身形消瘦，沉默寡言，我们见他一直在开船。很显然，他很生蒙哥马利的气，根本不理我们两人。我们和他一起吃饭，三个人都阴沉着脸不说话，我有几次想试着没话找话，但没有用。我意识到这些人都在以极不友好的态度对待我的朋友和他的动物，我发现蒙哥马利对他带这些动物的目的，还有他的目的地，始终不置一词；虽然我对这两个问题越来越好奇，但我没有催他。

我们在后甲板交谈，直到天空繁星密布。除了泛着黄光的船头偶尔发出响动和那些动物不时活动的声音，那个夜晚非常安静。美洲狮蜷在一起，亮闪闪的眼睛看着我们，在它笼子里的角落处是黑乎乎的一堆。蒙哥马利拿出几根雪茄，他跟我谈起伦敦，语调中半带痛苦的怀恋，关于那里发生的变化，他什么问题都问到了。他说话的样子就像他热爱那里的生活，却突然被迫离开了。我添油加醋地给他说东道西。我心里越来越觉得他奇怪；我讲话的时候，借着身后罗经柜上的灯光，偷眼看他那张古怪的、苍白的脸。我又望着黑漆漆的大海，他的小岛就隐藏在那片昏暗处。

我看这个人从天上来，就是为了救我一命。明天他就会跳下船舷再次从我的生命中消失。如果是在平常的环境中，也许我不会太为此伤脑筋；但首先，一个受过教育的人住在这个无名岛上，这本身就很奇特，更何况他的行李也与众不同。我发现自己在重复船长的问题，他想用这些动物干什么？为什么我一开始谈到它们的时候，他假装它们不是他的东西？而且，他的私人随从是一个异乎寻常的怪物，这给我留下了深刻的印象。这些都为他蒙上了一层神秘的浓雾。它们充满了我的想象，又让我张不开口。

快到半夜的时候，我们关于伦敦的谈话结束了。我们并肩站在舷墙边，迷茫地注视着寂静的星光闪烁的大海，各自想着心事。这种情形容易让人感情冲动，我开始向他表达我的谢意。

“可以说，”过了一会儿，我说道，“你救了我的命。”

“碰巧吧，”他答道，“碰巧而已。”

“我愿意向我面前的贵人表示感谢。”

“谁都不用谢。你有麻烦，我能帮上忙；我给你打针，喂你吃东西，跟我收集标本没什么两样。我闲得无聊，也想有些事做。如果那天我懒得动弹，或者讨厌你那张脸，那么——你现在可能会在哪里，这倒是个有趣的问题！”

我多少有点扫兴。“不管怎么说……”我接着说。

“就是碰巧了，我跟你说过了，”他打断我，“一切都是命。只有蠢驴不懂得这一点！我为什么现在会在这里，成了一个远离文明的飘零者，而不是一个快乐的人，在伦敦寻欢作乐？就是因为十一年前，在一个雾蒙蒙的夜晚，我丧失了十分钟的理智。”

他停下不说了。“嗯？”我问道。

“就这些。”

我们又陷入沉默。一会儿，他笑了起来。“这样的星光下人会变得饶舌。我是个笨蛋，我愿意告诉你。”

“不管你告诉我什么，相信我能保守秘密——如果是秘密的话。”

他就要开始讲了，却又摇摇头，有些犹疑。

“不说了吧，”我说，“我也总是这样。你最好还是保守你的秘密吧。也没什么，如果我值得你信任，可能你会觉得放松一些。如果我不值得你信任，那么……”

他含含糊糊地嘟囔了几句。我觉得我占了上风，我让他有些冲动；说实话，我也不是很想知道是什么原因让一个年轻的医科学生离开伦敦。我想象得出来。我耸耸肩膀转过身去。在船尾栏杆旁，一个黑色的人影斜靠在那里，望着星星——是蒙哥马利那个奇怪的随从。因为我动了一下，他迅速扭头看了我一眼，然后又往别处看去。

对你可能不算什么，但对我来说，就像被猛击了一拳。我们附近唯一的光亮是舵轮旁的灯。灯光瞬间照亮了这个人隐在船尾昏暗里的脸，我看到那双瞥向我的眼睛里闪着幽暗的绿光。当时我还不知道人眼泛点红光至少还算不上不正常。我觉得那家伙根本就不像是人。那个黑影诡异的眼睛击穿了我这个成人的所有思想和感觉，已经忘却的童年恐惧重新涌入我的心里。但很快便过去了，就像它的到来也是不期而至一样。就是一个黑色的影子，没什么要紧的，那随从背对星光斜靠在船尾栏杆上，我发现蒙哥马利在跟我说话。

“我想睡觉了，”他说，“如果你已经看够了的话。”

我无精打采地应了一句。我们往下面走，在我的舱门口，他向我道了晚安。

那天晚上，我做了几个非常不好的梦。残月很晚才升起来。月光在我的舱房投进一道惨白的光柱，在我的铺上形成一个诡异的图形。然后，那些猎狗醒来了，开始嚎叫、狂吠，所以我的梦也是断断续续的，我几乎没有睡着过，直到黎明将近。

第五章　无处可去的人

清晨（那是我恢复体力后的第二个早晨，我想是我被救起后的第四天），我从乱七八糟的梦中醒来，梦见的全是枪械和嗷嗷乱叫的匪徒，上面粗哑的喊叫声让我惊醒过来。我揉揉眼睛，躺在那里听上面的喊声，有一会儿的工夫，我怀疑自己身处何方。突然传来赤脚板啪嗒啪嗒的脚步声，是扔重物的声音，铁链丁零当啷作响。我听到船突然掉头时刷刷的水声，黄绿色的水沫从小小的圆形窗户上扫过，又汇入水流中去。我跳起来，穿上衣服，走上甲板。

我攀着梯子上来，看到红彤彤的天空——因为太阳正在升起——船长宽阔的脊背和红色的头发，在他的肩膀上方，美洲狮正通过一条装在后桅帆柱上的帆索往下吊。

可怜的家伙好像吓坏了，蜷在它的小笼子的底部。

“把它们扔到海里去！”船长大声吼着，“把它们扔到海里去！把它们都收拾掉，我们马上就会有一条干净的船。”

他挡在我前面，所以我不得已拍拍他的肩膀，这样我才能上到甲板上。他很吃惊地转过身，踉跄着往后退了几步，打量着我。谁都看得出来，这家伙的酒还没醒。

“你好！”他说，看上去傻傻的，紧接着他的眼睛一亮，“哦，是什么——什么先生？”

“普伦迪克。”我说。

“该死的普伦迪克！”他说，“闭嘴！——你的名字叫闭嘴。闭嘴先生。”

接这个蛮横的家伙的话讨不着便宜；但我也确实不想看到他还有什么动作。他伸手指着舷梯，蒙哥马利站在那里同一位穿着深蓝色法兰绒衣服的灰头发男人在交谈，那个人显然刚上船。

“那边，该死的闭嘴先生！那边！”船长咆哮着说。

他这么说的时候，蒙哥马利和他的伙伴转过头来。

“你什么意思？”我说。

“那边，该死的闭嘴先生——我就是这个意思！滚下船去，闭嘴先生！马上！我们在清理这条船，清理这条幸运的船！你给我滚下去！”

我看着他，完全愣住了。随后，我觉得那正是我想要的。作为唯一的船客，与这个动辄大吼大叫的醉鬼朝夕相处，结束这样的旅行没什么好伤心的。我转头看蒙哥马利。

“不能带你了！”蒙哥马利的同伴说，说得很直白。

“你不能带我！”说完后，我自己目瞪口呆。他那张脸是我见过的最平板，最刚愎的。

“你看这……”我转向船长说道。

“滚下船去！”船长说，“这条船不再拉畜生和食人生番，还有比畜生不如的人。下去，闭嘴先生。如果他们不带你了，你就下去。不过，不管怎么说，你是和你朋友一起走。我从此和这个得神保佑的岛两清了，阿门！我受够了。”

“可是，蒙哥马利……”我恳求道。

他的下嘴唇扭结在一起，无望地对身边那个灰头发男人点点头，表示他无力帮我。

“我要看着你下去，现在。”船长说。

接着，三个人开始争吵。我轮番恳求三者中的某一个，先是求那个灰头发男人让我上岸，然后求那位醉鬼船长让我留在船上。我甚至大声求那些水手。蒙哥马利始终不说一句话，只是在一旁摇头。“你得下船，我告诉你，”船长反复就是这一句，“让法律见鬼去吧！在这儿，我是王。”至少，我必须承认，有一次我被威胁得紧了，我的声音一下子都变了。我感到一股怒火冲了上来，我走到船尾，悲哀地注视着周围，却什么也没看见。

与此同时，水手们迅速地将包裹和笼子里的动物卸下船。一艘大船带了两个固定的集装箱，就停在这艘帆船的传送带下；各种稀奇古怪的货品都塞进这艘大船里。当时，我没有看到岛上来了很多人在接这些包裹，因为那艘船的船身被这艘帆船挡住了。蒙哥马利和他的同伴丝毫没有注意到我，而是都忙着帮忙或指挥四五个水手卸货。船长走过去，他就是添乱，帮不了任何忙。我一会儿觉得伤心绝望，一会儿又想跟人拼命。有那么一两次，当我站在那儿等着事情的最终结果时，我甚至抑制不住地想放声大笑，为我自己的倒霉处境。我觉得，所有的倒霉蛋都吃不上早餐。饥饿，加上气血不足，人就没了气概。我很清楚，我既没有勇气和耐心抗拒船长赶我走的决定，也无法赖在蒙哥马利和他的同伴身上。所以，我只能消极地听天由命；他们一直在把蒙哥马利的东西往那艘大船上卸，好像我根本不存在一样。

现在，东西卸完了，一场争斗开始了。我被揪住，往通道那儿拖，我无力地挣扎着。即使在那个时候，我还是注意到那些古怪的棕色脸庞，这些人和蒙哥马利一起都在那条大船上；但它现在已经装满了货物，正急着要走。我下面的绿色水面越来越宽，我拼命推开揪住我的人，以免头朝下栽下去。那艘大船上的人在大声地嘲笑，我听到蒙哥马利咒骂他们的声音；紧接着，船长、大副，还有一个帮他的水手将我向后撵到了船尾。

薇恩夫人号的救生艇一直拖在后面，里面一半都灌满了水，没有桨，什么食物都没备。我拒绝到那上面去，整个人扑倒在甲板上。最后，他们用一根绳子把我吊放到救生艇上（因为船尾没有舷梯），然后便砍断绳子，由我在海上漂了。我慢慢漂离了帆船。在一种麻木状态中，我看着所有那些水手开始解开缆索，它缓慢却毅然决然地向风行驶了；帆在风中飘着，紧接着被风胀得满满的。我看着帆船饱经风霜的侧面陡然朝向我；然后它便从我的视线中消失了。

我没有掉头跟着它。一开始，我简直不敢相信发生的这一切。我蜷缩在救生艇的底部，目瞪口呆，茫然注视着空旷的、漂着油污的大海。然后我意识到，我又回到了我那个狭小的地狱空间，现在有一半泡在水里；回望船舷，我看到帆船停在离我很远的地方，红头发船长站在尾栏边上嘲讽地看着我，我向小岛那边望去，那艘大船越变越小，渐渐靠近海岸了。

突然，我清醒过来，明白自己被残酷地遗弃了。我没办法靠岸，除非碰巧漂到那儿。我仍然很虚弱，你肯定记得这一点，因为我在这个小艇上长时间忍受饥寒交迫和日晒雨淋。我腹内空空，头晕目眩，或许我应该更坚强一些。但是，我突然开始抽泣，只有在很小的时候，我才这样哭过。泪水顺着我的脸颊流淌。在极度的绝望中，我用拳头击打着船底的积水，用脚使劲儿踢船舷。我祈求上帝让我死去。

第六章 面相狰狞的船夫

然而，岛上的人看到我确实是漫无目的地在海上漂，对我发了善心。我缓缓地向东漂，斜着靠近那个小岛；此时此刻，看到那条大船掉头向我驶来，我长长地舒了一口气。它装的货物很重，当它靠近的时候，我看见了蒙哥马利那位灰头发、宽肩膀的伙伴，他和那些狗，还有几个包装箱一起挤在船尾。这个人定定地看着我，没有动，也没有说话。那个黑脸的畸形人瞪着我，他一动不动地待在船头，和那只美洲狮靠得很近。近旁还有另外三个人——三个相貌怪异野蛮的家伙，那群猎狗对着他们凶猛地咆哮。蒙哥马利在掌舵，他把船靠近我，将我的艇索绑到舵杆上拖着我行驶，因为船上没有地方了。

这时，我已经从歇斯底里的状态中缓过劲儿来，他靠近我的时候，我鼓足勇气跟他打了声招呼。我告诉他，这个救生艇已经快被水淹没了，他给我放下一个木水桶。两条船之间的绳子一紧，我才猛然醒过来。很长一段时间，我一直忙着往外汲水。

直到我把水舀得差不多了，船这会儿绝对安全了，我才有工夫重新打量大船上的人。

我发现那个灰头发男人一直目不转睛地看着我，但是一脸疑惑，直到现在，我都觉得很奇怪。我们的目光碰在一起时，他便低下头看坐在他两膝间的猎狗。我说过，他是一个强壮的人，额头光滑，浓眉大眼；但他眼睑上的皮肤奇怪地往下耷拉，那通常是因为年老的缘故，而他厚厚的嘴唇下垂，让他显得倔强好斗。他跟蒙哥马利说着什么，声音很低，听不见。

我的眼睛从他身上移到他的三个同伴身上；他们是一群奇怪的水手。我只看到他们的脸，但他们的脸上有什么东西——我不知道是什么——让我觉得一阵恶心。我不住地看他们，那种印象始终没有消失，但我不明白到底是怎么回事。我看他们长得像黑人，但他们的四肢却包裹在一层很薄的、脏兮兮的白色织物当中，连脚指头都是如此，我以前从未见过男人像这样将自己包裹起来，女人也只有在东方才是如此。他们也戴头巾，神秘的脸庞遮在头巾下，从那下面觑视我——他们的脸上下颚突出，眼睛明亮。他们的头发乌黑顺直，与马的鬃毛几无二致。坐着的时候，他们的身材是我见过的人种中最棒的。那个灰头发男人有六英尺高，坐在那里比其他三个都矮。随后我便发现，实际上，他们没有一个比我高；但他们的身体长得出奇，大腿部分却很短，而且奇怪地扭曲着。总之，他们是奇丑无比的一群人，在他们头顶，在前面的四角帆下面闪过一个人黝黑的面庞，他的眼睛在黑暗中熠熠闪亮。我盯着他们看时，他们便迎着我的目光；然后，先是一个，接着是另一个躲开我直视的目光，却又古里古怪地偷偷摸摸地看我。我想，我大概让他们不高兴了，于是，我把注意力转向我们正在靠近的岛屿。

岛屿地势很低，覆盖着茂密的植被，主要是一种我没有见过的棕榈树。一缕细细的水汽从某个地方斜着升向无垠的高空，然后扩散开去，仿佛一片向下跌落的羽毛。现在，我们的周围是一个辽阔的海湾，两侧是低低的海岬。海滩上是暗灰色的沙粒，有一条陡峭的山坡，高出海平面大约六十到七十英尺，散布着树木和低矮的植物。半山腰上有一个灰色石头围起来的四方形空间，我后来发现，这些石头有些是珊瑚，有些是火山岩。两个茅草屋顶从这个封闭的空间里面露出来。一个男子站在水边等我们。我很纳闷儿，我们还离得很远的时候，我就看见几个长得像鬼一样的人匆匆地跑到山坡上的灌木丛里；可等我们越来越近的时候，我反倒一个都看不见了。这个男子中等个头，有一张黑人的黑面孔。他的嘴特别大，几乎没有嘴唇，胳膊笔直，双脚又长又薄，罗圈腿。他站在那里，浓眉大眼的脸庞向前探出，注视着我们。他的打扮同蒙哥马利和他的灰发同伴一样，身穿夹克衫和蓝哔叽裤子。我们离岸边更近了，这个男子开始在海边来回奔跑，做着各种稀奇古怪的动作。

得到蒙哥马利的命令，船上的四个人跳起来，用极为奇怪的姿势抓住船帆。蒙哥马利将船驶进海岸边一个挖掘而成的窄小港口。海边上的那个人迫不及待地跑向我们。我所说的港口实际上就是一条水沟，它的长度只够在海潮的这段时间容纳这条大船。我听到船头触地的声音，救生艇连同我的木水桶一起从这条大船的舵上被撞开，系艇索松开了，靠岸了。那三个将自己裹起来的男人，笨拙地从船上爬到沙滩上，到前面去卸货，海滩上的那个人帮他们一起卸。

特别让我感兴趣的是，那三个将自己包裹起来的水手的腿的动作非常奇怪——它们并不僵硬，只是以某种怪异的方式被扭曲了，就好像是没长对地方。那些狗还在吠叫，用链子牵在那些人身后，灰发男人和他们一同上到岸上。三个高个子相互说着什么，喉音粗重，听起来怪怪的，那个在海边等我们的人开始兴奋地对他们喋喋不休地说着什么—— 一种奇怪的语言，我很好奇——他们把手放在堆在船尾附近的包裹上。我以前在什么地方听到过这种声音，但我想不起来是在哪里。灰发男人站着，在六条狗的狂吠声中高声下着命令，声音压过了狗的吠咬声。蒙哥马利将舵歇下来，同样上到岸上，所有人都开始卸船上的货物。我太虚弱了，在我自己光秃秃的船上饿了半天，又被太阳暴晒，我实在无力帮忙。

现在，灰发男人似乎想起来，还有一个我，便向我走来。

“你看起来，”他说，“好像没吃早饭。”他的一双小眼睛在浓密的眉毛下黑亮亮的。“我得为此道歉。现在，你是我们的客人，我们必须得让你舒舒服服的——尽管我们没有邀请你，你知道的。”他锐利的目光扫视着我的脸，“蒙哥马利说，你是个受过教育的人，普伦迪克先生；说你懂一点科学。我能问你一下，他这话是什么意思？”

我告诉他，我在皇家科学学院待过几年，在赫胥黎手下做过一些生物研究。听到这儿，他的眉毛往上扬了扬。

“这有点儿意思，普伦迪克先生，”他说，神情中多了一点崇拜，“巧得很，我们是这里的生物学家。这儿是一个生物站——算是生物站吧。”他的目光停在了那些穿白衣服的人身上，他们正忙着把那头美洲狮拽到滚筒里，运到有围墙的院子里。“我和蒙哥马利，至少我们两人，”他这时又补充道，“你什么时候能离开，我可说不准。我们这里和哪儿都不通航。我们一年左右才能见到回船。”

他突然扔下我，从这群人旁边经过，向海滩走去，我想他进了那个围场。另外两个人和蒙哥马利一起将一些较小的包裹堆在一辆轮子很低的车上。美洲驼和兔笼还留在船上，那些猎犬也还拴在船的横梁上。收拾完那堆东西，三个人一起拖住那辆车，开始将这一吨左右的重物推着挂到装美洲狮的滚筒后面。这时，蒙哥马利离开他们，反身向我走来，对我伸出手。

“很高兴，”他说，“我真这样觉得。那个船长是头蠢驴。他让你不痛快了。”

“是你，”我说，“又一次救了我。”

“也难说。你会发现这个岛是一个特别怪异的地方，我跟你打包票。如果我是你的话，每走一步，我都会小心提防。他——”他犹豫起来，似乎话到嘴边又改主意了，“我想你帮我照看这些兔子。”

他处理兔子的方法很独特。我跟着他蹚水过去，帮他将一只兔笼拖到岸边。这一切刚做完，他就打开笼子，把笼子一头倾斜，将里面的小家伙们倒在地上。它们在笼子里一个压一个地挤在一起。他拍拍手，它们便以兔子独有的步态向前跳跃着上了岸，我想，它们有十五到二十只吧。

“繁衍生长吧，我的朋友们，”蒙哥马利说，“让这个岛上到处是兔子。现在，这里太缺肉了。”

我看着它们逐渐消失，那个灰发男人又回来了，拿着一瓶白兰地和一些饼干。“普伦迪克先生，继续说点什么吧。”他说，口气比先前熟络了许多。我没客气，却立刻开始吃饼干。灰发男人则帮着蒙哥马利又放出了二十多只兔子，但有三个大笼子却和美洲狮一起送到了那个场院里。我没碰白兰地，因为我天生不沾酒。

第七章 紧锁的门

想必读者能明白，一开始，所有事情对我而言都十分吊诡，我的处境正是我这次意想不到的历险的结果，我甚至说不出这件或那件事到底是哪里不对头。我跟在美洲驼后面上了岸，蒙哥马利追上来，他告诉我不要进那个石头围起来的围场。于是，我注意到，装在笼子里的美洲狮和那堆包裹已经放在了这座围场的门口。

我转过身，看到船已经卸完，又成了空船，正在被拖上岸，灰发男人朝我们走来。他同蒙哥马利说了起来。

“现在的问题是这位不请自来的客人。我们把他怎么办？”

“他懂点儿科学。”蒙哥马利说。

“我正急着要重新开始——和这个新来的家伙一起。”灰发男人说，一边向围场方向频频点头。他的眼睛更亮了。

“我想你是迫不及待了。”蒙哥马利说，语气非常诚恳。

“我们不能把他送到那儿去，我们也没时间给他搭间新屋；我们现在也不能让他进入我们的秘密处所。”

“我听凭你发落。”我说。我对他说的“那儿”一头雾水。

“我一直在考虑同样的事，”蒙哥马利应道，“那是我的房子，外面有道门。”

“是的。”年长的那位马上接口说，一边看着蒙哥马利。我们三人一起朝围场走去。“普伦迪克先生，很抱歉，让你蒙在鼓里；但你也应该记得你不是应邀而来。我们这儿的小作坊有些秘密，实际上就是蓝胡子的卧室之类的东西。对正常人来说，真的没什么可怕的；但是刚才，因为我们不知道你……”

“的确，”我说，“如果因为想要探听秘密而惹你们生气，我就是个傻子。”

他撇了撇厚厚的嘴唇，露出淡淡的笑容——他是那种性格乖戾的人，这种人笑的时候，嘴角向下撇——而且欠了下身子，对我温顺的态度表示赞赏。我们穿过那个围场的大门；那是一扇厚重的木头门，四周用铁皮包了，而且上了锁，船上的货物就堆在这扇门外，在拐角处，我们在一个小小的门廊前停住了，我此前没有看到这个门廊。灰发男人从他油腻腻的蓝色夹克口袋里拿出一大把钥匙，打开了这道门，我们走了进去。他的钥匙，连同这个地方如此严密的门锁，即使在他眼皮底下也锁得严严实实，让我觉得很特别。我跟着他，来到一个不大的房间，房间的家具很简单，但感觉还算舒服，里面有门，门半开着，通向一处地面铺设过的院落。这个内门立刻被蒙哥马利关上了。一张吊床悬挂在屋子较暗的角落里，一扇小窗，上面没有镶玻璃，而是装了固定的铁条，窗户朝向大海。

灰发男人告诉我，这就是我的房间；那扇内门，他说“为了防止意外”，他要从另一头把它锁上，我不能走那扇内门出去。他指给我看窗子前面的帆布躺椅，躺椅旁边的一个架子上还有一排旧书，特别是我发现了外科方面的书以及拉丁文和希腊文经典著作（这些语言我读起来可不轻松）。

“我们一般在这里吃饭。”蒙哥马利说，然后，好像有什么疑问似的，跟着走了出去。“摩罗！”我听见他叫了一声，我想我当时没在意。后来，我收拾架子上的书时，突然想到：我从前在哪里听过摩罗这个名字？我在窗前坐下，拿出还留在我这里的饼干，大口吃起来。摩罗！

通过窗户，我看到那些穿白衣服的人中有一个正拖着包装箱在海滩上走。窗框把他的身影挡住了。这时，我听到身后的门锁里有钥匙插进来，在锁孔里转动。过了一会儿，透过锁着的门，我听到猎犬的吠声，已经从海滩那边到了跟前。它们不是在吠咬，而是以一种奇怪的方式喷着鼻息，发出低声的咆哮。我可以听到它们“嗒嗒嗒”快速地跑过，又传来蒙哥马利安抚它们的声音。

看着这里的一切，我对这两个人精心隐匿的秘密留下了非常深刻的印象。我一直在想那个秘密，也在想自己何以对摩罗这个名字莫名其妙地觉得很熟悉；但人的记忆就是这么奇怪，我怎么也想不起来这个熟悉的名字是和什么连在一起的。我的思绪从摩罗这个名字转到海滩上那个畸形人身上那种说不清道不明的古怪上。我从来没有见过这么奇怪的步态，他拉箱子的动作太怪异了。我想起这些人没有一个和我讲过话，尽管我发现他们不时偷着打量我，和一般你们所了解的头脑简单的土人不一样，那些土人是直勾勾地盯着你。确实，他们看上去都不爱说话，而他们讲话时，声音特别令人费解。他们怎么了？于是，我想起了蒙哥马利那位丑陋的随从。

我正想着他的时候，他进来了。他这会儿身着白衣，端着的托盘上有咖啡和做好的菜肴。他过来时，我控制不住地发抖，并且向后退缩，他驯顺地弯下腰，将托盘放在我面前的桌子上。我惊呆了。在他干枯的黑发下，我看到了他的耳朵；那耳朵猝不及防地出现在我的眼前，离我的脸非常近。这个人的耳朵是尖的，上面有一层细细的棕色绒毛！

“您的早餐，先生。”他说道。

我盯着他的脸，没打算答应。他转身朝门口走去，回头奇怪地看了我一眼。我看着他出去，与此同时，大脑在无意识中冒出了一些怪念头，我突然想起一个词，“摩罗的魔窟”——是它吗？“摩罗——”啊！我的记忆被带回到了十年以前。“摩罗的魔窟！”有一会儿的工夫，这个词在我的脑海里飘来荡去，然后我看到红色字母拼出的这行字出现在一本杂色的小册子上，读到它让我浑身发抖，毛骨悚然。于是，我清楚地记起了关于它的一切。那本已经被忘记很久的册子活生生地出现在我的脑海。我那时还只是一个小男孩，摩罗，我想，大约有五十岁吧——是声名显赫的生理学家，因其非凡的想象与直言不讳的讨论风格在科学圈里人尽皆知。

他们是同一个摩罗吗？摩罗发表过一些论述与输血有关的惊人事实的文章，此外，他在病态生长方面所做的有价值的研究也让他声名远扬。但他的事业突然间中止了。摩罗被迫离开了英国。一名新闻记者以实验室助手的身份进入了他的实验室，其背后动机却是要写出能产生轰动效应的报道。凭借着一次可怕的意外事故（也许它确实是个意外事故），记者写就的那本阴森可怖的小册子被大众广泛关注，摩罗变得臭名昭著——在小册子出版的当天，一条可怖的狗，它被剥了皮，要么就是被肢解过，从摩罗家逃走了。那是个荒唐的时代，一位著名的编辑——他是那个实验室临时助手的远亲，向国民的良心发出呼吁，而用良心来谴责和反对科研方法，也已经不是第一次了。摩罗博士在人们的咒骂声中离国他去。或许那是他应得的报应，但我仍然认为，他的同事们假惺惺地为他辩护，和大部分科学工作者弃他而去，这些也都不是什么光彩的事。不过，摩罗的一些实验，根据记者的报道，确实令人发指。他也许可以放弃研究而换得自己在社会上的安宁，但他显然坚持要继续进行他的研究，因为大多数曾经不顾一切进行研究的人都会这样执迷不悟。他没有结婚，而且确实一无所有，除了他自己的兴趣。

我相信他们肯定是同一个人。所有的事情都指向这一点。我突然明白美洲狮和其他动物将会是什么下场——它们已经和那些行李一起被带到了房子后面的围场；隐约飘来一丝奇怪的气味，是某种很熟悉的东西呼出来的气体，那种气味一直在我意识的背后，此时突然冲到我思想的正面。那是解剖室里消毒剂的味道。透过墙，我听到美洲狮的低声咆哮，还有狗的尖叫声，好像在挨打。

不过，确定无疑的是，尤其是对一个有点科学知识的人而言，事情并不像这一秘密当初被揭穿时所谓的活体解剖那般恐怖；我的思想突然莫名其妙地跳跃起来，那对尖耳朵和亮晶晶的眼睛重新浮现在我眼前，清晰得不能再清晰。我注视着外面澄碧的大海，在清新的微风中泛着泡沫，任由这些记忆和前几天那些奇怪的记忆一道在我的心里相互追逐。

这一切到底意味着什么呢？孤岛上的围场，臭名昭著的活体解剖者；还有这些畸形人。

第八章　美洲狮的哀嚎

种种不可思议的现象在我的心里纠缠不清，蒙哥马利的到来让我暂时丢下了这一切，我也不再想是否已经一点钟了，他那位丑陋异常的随从跟在他后面，手中的托盘上是面包、佐料和一些其他食物，一瓶威士忌，一罐儿水，三个杯子，还有几把刀。我斜眼瞥了一下这个怪物，发现他也在用一双怪异的、不安分的眼睛看着我。蒙哥马利说他要和我一起用午饭，但那个摩罗来不了，他正忙得不可开交。

“摩罗！”我说，“我知道这个名字。”

“见鬼，你当然知道！”他说，“我跟你提到过，我这么做真是个傻瓜！我早该想到。不过，这会给你一点暗示——关于我们的秘密。威士忌？”

“不，谢谢，我从不喝酒。”

“我希望我也能这样。马被偷了才想起锁门，已经没用了。是那个鬼一样的家伙把我带到这里——那是一个雾蒙蒙的夜晚。当摩罗主动提出要帮我时，我正以为自己当时福星高照呢。真是奇怪……”

“蒙哥马利，”外面的门关上后，我突然说，“为什么你的仆人的耳朵是尖的？”

“见鬼！”他先把第一口食物咽了下去，才说道。他盯着我看了一会儿，然后重复道：“尖耳朵？”

“又小又尖，”我说，尽量显得平静，屏住呼吸，“而且边上有很细的棕色绒毛？”

他不紧不慢地自斟自饮加了水的威士忌。“我印象中——他的头发把耳朵盖住了。”

“我看见了，就在我身边，他弯腰将你送来的咖啡放在桌上。而且他的眼睛在黑暗中闪闪发亮。”

这时，蒙哥马利已经从我的问题带给他的惊慌中恢复了常态。“我一直以为，”他慢条斯理地说，他的口齿不清更明显了，“他的耳朵肯定有什么问题，因为他把它们盖起来了。它们长什么样？”

看他的神情，我知道这种浑然不知的样子是装出来的。尽管如此，我还不打算告诉他我认为他在撒谎。“尖的，”我说，“非常小，而且有毛，很不一样的绒毛。他整个人是我曾经见过的最古怪的人之一。”

一声动物凄厉的尖叫从我们后面的围场传来。声音沉闷，音量却很大，证明是美洲狮在叫。我看到蒙哥马利的眉头皱了起来。

“怎么了？”他说。

“你在哪儿碰到这家伙的？”

“旧金山。我承认，他丑陋、残暴、很笨，你知道的。记不得他是哪儿来的。但我已经习惯他了，你知道的。我们彼此习惯了。他什么地方让你感兴趣？”

“他不自然，”我说，“他的有些事情——别以为我是胡思乱想，但他靠近我时，我觉得很讨厌，我全身的肌肉感到紧张。有点像——恶魔的感觉，真的。”

我把这个告诉他时，蒙哥马利不吃了。“胡扯！”他说，“我没看出来。”他又继续吃饭。“我不知道，”他说，嘴里继续嚼着，“那条帆船上的水手肯定有同样的感觉。一起欺负这个可怜的家伙。你看到那个船长了吧？”

突然，又是一声美洲狮的惨叫，这次更加痛苦。蒙哥马利低声骂了句什么。我几乎想逼问他海滩上那些人的事。这时，里面那个可怜的家伙又发出了一连串短促、尖厉的惨叫。

“你那些海滩上的人，”我说，“他们是什么人？”

“无可挑剔的小伙子，不是吗？”他说，心不在焉，那头兽吼叫时，他的眉头便皱起来。

我没再说什么。又是一声尖叫，比前面的叫声更凄厉。他那双阴沉的灰眼睛看着我，接着喝威士忌。他想把我引到关于学校的话题上，他承认是因为学校的事才救的我。他好像急于强调一个事实，那就是，我欠他一条命。我心烦意乱地附和了几句。

现在，我们的饭快吃完了；那个奇形怪状、长着尖耳朵的怪物收拾了残汤剩饭，蒙哥马利再次把我独自丢在这间屋里。被活体解剖的美洲狮的惨叫令他恼怒，他不想表现出来，但始终没做到。他说过自己有点神经紧张，我清楚地看到了他的紧张。

我自己也注意到那叫声特别令人烦躁，到了下午，叫声变得更喑哑，却更沉痛。一开始，它们令我心烦意乱，但它们没完没了，我终于忍无可忍。我正在读一本剽窃贺拉斯[①]而成的书，我一下将书扔到一边，开始握紧拳头，咬着嘴唇，在屋里踱来踱去。我用手指塞住了耳朵。

这些惨叫不断刺激着我的情绪，到最后，我只能说，我无法再待在这间密闭的房子里继续忍受这种折磨。我走出门，踏入后半晌令人昏昏欲睡的炎热中，走过正门——我注意到它又被锁上了——在墙角拐了个弯。

那些哀嚎在门外听得更清楚。仿佛世界上所有的痛苦都汇聚在这声音当中。但是，如果我知道这痛苦就发生在隔壁的房间里，或者如果它一直悄无声息，我相信——从那时起，我就一直在想——我应该就有足够的耐心忍受了。只有当苦难被表达出来，让我们心惊胆战的时候，怜悯心才会光顾我们。但是，尽管阳光明媚，尽管翠绿的树叶在宜人的海风中摇曳，这世界却是一片混沌，黑色和红色的漂浮不定的鬼影让它变得模糊不清，后来，我就听不到布满格子图案的墙里面那间房子传出的声音了。

① 贺拉斯，古罗马诗人。

第九章　林中怪物

我从灌木丛中大步走过，这些灌木丛覆盖了房子后面的山坡，我并不知道自己要走到哪里；山坡上粗壮的树木连成了一片，树干笔直，树叶郁郁。穿过这片林子，我发现自己到了山坡的另一边，朝下走有一条小溪流过狭窄的谷地。我停下脚步倾听，我已经走了一段距离，或者是因为中间还隔着灌木丛，那边围场中的声音一点都听不见了。空气静止了。这时，伴随着一阵窸窣声，一只兔子出现在眼前，惊慌地朝我前面的山坡上跑。我犹豫了一会儿，在树荫的尽头坐了下来。

这块地方不错。那条小溪隐没在岸边茂密的植被中，只有一处能看到它，我从那儿看到一截清亮的溪水，呈现为三角形。在更远的一边，透过一层淡蓝色的薄雾，我看到缠结在一起的树木和攀缘植物，在那上面还是明亮的湛蓝色天空。星星点点的附生植物四处蔓延，开着白色或红色的花。我漫无目的地扫视着周围的景色。过了一会儿，我又开始琢磨蒙哥马利的仆人身上的种种古怪特征。但是，天气热得人无法静心思考，我就在半睡半醒的状态中沉静下来。

不知道过了多久，溪流另一边的草木中发出的窸窣声将我唤醒。我当时只看见蕨草和芦苇的叶梢在摆动。然后，突然一下子，什么东西出现在溪水的岸上——我开始还分辨不出那是什么。那东西将圆圆的脑袋低到水里，开始喝水。这时，我才看清楚，那是个人，他像野兽一样走路四肢并用，穿着蓝布衣服，皮肤泛着古铜色的光泽，头发是黑色的。看那奇丑无比的样子，一定是这岛上的什么人。我听得到他喝水时用舌头吧唧吧唧舔水的声音。

我身子前倾，以便将他看得更清楚，我用手掰了一块火山岩，沿着山坡啪嗒啪嗒地往下走去。他抬头往上看，很心虚的样子，我们的目光碰在一起。他随即爬了起来，站在那儿，将手放进嘴里吮掉上面的水，盯着我看。他的双腿连身长的一半都不到。所以，我们都不安地盯着对方，这个样子持续了一两分钟。然后，他朝身后看了几眼，便溜进了我右边的灌木丛。我听到蕨草的沙沙声渐渐远去，最后完全听不见了。他消失了很长时间以后，我仍然坐在那里注视着他离去的方向。我迷迷糊糊的平和心境此刻已荡然无存。

我被身后的声音吓了一跳，我猛地转过身，看见一只兔子的白尾巴一闪，消失在上坡的灌木丛中。我跳了起来。这个精灵古怪、神秘兮兮、幽灵一般的小东西瞬间打破了我这个下午的宁静。我特别紧张地朝四下张望了一番，很后悔没有带武器。这时，我想起来，我刚才看到的那个人穿着蓝布衣服，不是像土人那样赤身裸体；我试着用这一事实说服自己，他可能是一个比较温和的人，阴沉凶恶的外表不过是个假象。

但是，我还是被这个鬼家伙搅得心神不宁。我沿着山坡的左边走，不停地四下张望，留神观察笔直的树干间的每一条道路。那个人为什么是四肢着地行走，用舌头舔水喝？这时，我又听到动物的哀嚎，我想那是一只美洲狮，我转身径直朝那声音的相反方向走去。这条路把我带到下面的溪水旁，我跳过小溪，在灌木丛中费力地行走。

我被地上一大块鲜艳的红色吓坏了，走过去才发现，那是一种奇特的蕈菌，像一种叶状地衣一样有很多褶皱，但一碰，它就融化成黏液状。在茂密的蕨草的阴影下，我还碰到了一件讨厌的东西——一只兔子的尸体，上面爬满了泛着荧光的苍蝇，尸体还有热度，头被撕掉了。我停下来，惊骇地看着四处溅落的血迹。至少，作为该岛的一名访客，看到的就是这一景象！周围没有其他的暴力痕迹。它好像是突然被抓住杀掉的；我看着这个小小的、毛乎乎的尸体，搞不懂这件事是怎么发生的。我站在那里，初见溪边那张非人的面孔时模模糊糊感到的恐惧变得越来越清晰。我开始意识到，我在这群不知其底细的人中探险，真是危机重重。四周的灌木丛在我的脑海里变了模样。每个阴影都不再仅仅是阴影，而变成了陷阱；每一阵沙沙声都充满了威胁。好像有什么无形的东西在注视着我。我决定返回海滩上的围场。我突然掉转身，拼命地，甚至像着了魔一般地在灌木丛中撕扯着，迫不及待地想在我身边弄出一块宽展的空地。

我马上又停了下来，才没有使自己暴露在一片开阔地中间。这里应该算是林中空地，由瀑布冲击而成；破土的幼苗已经在奋力拓展自己的空间；在它上方，茂密的树干、纠缠在一起的藤蔓、大片的菌类植物以及花朵又把它的空间封住了。在我前面，一棵大树倒在地上，树身上有菌类植物的痕迹，三个奇形怪状的人蹲在那上面，他们没有察觉我正在靠近。其中一人很显然是女的，另外两人是男的。他们都没有穿衣服，只是将身体的中间用红布裹住；他们的皮肤是干巴巴的粉色，和我以前见过的土人都不一样。他们的面庞肥大油腻，看不见下巴，额头后倾，头发稀疏却粗硬。我从未见过人长成这般野兽模样。

他们在交谈，或者至少是一个男的在对另外两个人说话，他们三个谈得忘乎所以，根本没有注意到我走近时发出的窸窣声。他们的脑袋和肩膀摆来摆去。说话人的声音沙哑，而且懒洋洋的，尽管我听得到他们在讲话，但我不知道他们在说什么。我觉得他在讲一些复杂难懂的胡话。此刻，他提高了声音，挥动着双手站了起来。其他两个随即嘴里开始叽里咕噜，他们也站起来，张开双手，身体伴着口中的吟诵有节奏地摇摆着。我注意到，他们的腿短得出奇，脚瘦长，很笨拙。三个人开始慢慢转圈，脚一抬一跺，同时挥舞着胳膊；他们有节奏的吟诵逐渐加入一种乐调和类似副歌的重复——“阿鲁拉”或“巴鲁拉”，听上去是这样的。他们的眼睛开始放光，他们丑陋的脸庞开始神采飞扬，表情中有一种奇怪的愉悦。口水从他们没有嘴唇的嘴里滴下来。

突然，就在我观看他们怪异的、莫名其妙的姿势的时候，我第一次清楚地意识到是什么让我感到反感，是什么让我产生了两种毫无关联、相互矛盾的印象，我对这种东西完全陌生，却有种再奇怪不过的熟悉感。这三个沉浸在神秘仪式中的活物，形状上像人，但身上却弥漫着某种熟悉的动物的气息。他们尽管都具有人的形状，穿着少许的衣裳，体形跟人也基本相符，却都被这种气息所包围着——他们的动作，他们的表情，他们整个的存在——现在都让人无法不想到猪，猪的气味，绝对错不了，就是那种牲畜的标志。

我站在那里，这种奇怪的想法令我惶恐不已，接着，最可怕的问题一股脑儿地涌进我的心里。他们开始往高处跳，先是一个，然后是另一个，他们高声喊着，发出咕噜咕噜的声音。随后，一个跌倒在地，四肢着地，持续了一段时间，又恢复了常态。但是，这些怪物瞬间流露出的兽性足以说明问题。

我尽量悄无声息地掉头而去，我退回到灌木丛中，树枝和树叶的一点点响动都让我的内心充满恐惧，时时害怕自己被发现。过了很久，我的胆子才又大了起来，才又鼓起勇气直起身子走路。我此时唯一的想法就是离开这些邪恶的家伙，我几乎没有注意到自己已经走到了树林中一条少有人光顾的小路上。穿过一小片空地，突然，我惊恐地看到树丛中有两条蠢笨的腿在走动，没有一点脚步声，方向与我的一致，离我大概有三十码。他的头和身体的前半部分被纠缠在一起的攀缘植物遮住了。我立刻停下脚步，但愿他没有看见我。那双脚也停了下来。我紧张极了，我控制着自己，没有不顾一切地狂奔而逃。我仔细观看，透过层层叠叠的枝叶，我看清楚了他的头和身子，他就是我见过的在溪边喝水的那个土人。他摆了摆头。他在树荫里看我时，眼睛里闪着绿色的光，一种半明半暗的光，当他再次转过头时，那光却消失了。他一动不动，过了一会儿，迈开大步，悄无声息地跑过了这片葱翠的树林。很快，他便消失在灌木丛中。我看不见他，但我知道，他已经再次停下来，观察着我。

他到底是谁？——是人还是兽？他想对我做什么？我没有武器，连根棍子也没有。跑恐怕不是个聪明的做法。不管怎么说，那个东西，不管是什么，没有勇气攻击我。我咬紧牙关，径直朝他走去。我竭力想掩饰住那让我脊背发冷的恐惧。我穿过一片开着白花的灌木丛，看到他在二十步开外的地方，侧着身子在看我，有些犹豫不定。我向前迈了一步，直视着他的双眼。

“你是谁？”我说。

他尽量不回避我的目光。“不！”他突然说，接着便转身快步从我眼前跑开，跑过了那片矮树丛。然后，他又停下来，注视着我。他的眼睛在树林的幽暗中闪着荧荧的光。

我的心跳到了嗓子眼儿；但我知道自己唯一的机会就是唬住他，于是我毫不犹豫地向他走去。他再一次转身消失在树影中。我想，我还是只看到了他眼中闪烁的光亮，仅此而已。

第一次，我意识到，天晚了，我该怎么办。太阳几分钟前已经落下去了，热带地区短暂的黄昏已经开始从东方的天空退去，第一只飞蛾在我的脑袋边上无声地拍打着翅膀。除非我要在这片到处是莫名危险的神秘树林中度过一晚，否则，我就必须赶紧回到那个围场。重新回到那个痛苦不堪的住处，这个想法简直令我不堪忍受，但是，想到在这无遮无拦的黑暗中不知道会碰上什么，而且黑夜可能掩盖一切，就更加感到可怕。我又朝吞没了那个怪物的蓝色阴影中看了一眼，便折回下坡的路，朝溪边走去，一边走，一边判断我来的方向。

我匆忙赶路，很多事情在心里搅成一团，这时，我发现自己来到了稀疏的树木间的一块平地上。夕阳的余晖过后，空气中那种本色的清透渐渐变得朦胧模糊；头上的蓝天顷刻之间变得更加厚重，一颗一颗的小星星刺破天幕，发出微弱的光；树木之间的空间，远处植被间的空隙在白天一直呈现出朦朦胧胧的蓝色，此刻变成了黑色，透着神秘莫测。我继续走。什么颜色都看不见了。树梢子的黑色轮廓衬着蓝幽幽的天空，树梢下面的一切都融化在无形的漆黑之中。此刻，树木显得更加颀长，低矮的灌木丛显得更加茂密。然后是一块荒凉的空地，覆盖着白色的沙粒，接着是一大片错落驳杂的灌木丛。我记得来时没走过这片沙地。我开始对右手方向传来的轻微的窸窣声感到不安。一开始，我以为是幻觉，因为，只要我一停下来，便什么声音也没有了，只有夜风吹过树梢。然后，当我继续快步赶路时，我的脚步便发出回声。

我避开灌木丛，尽量靠近比较开阔的地方，还不时猛地转过身来，想要吓住暗中靠近我的什么东西。我什么也没看见，但我却越来越觉得还有另外一个人。我加快脚步，走了一会儿，来到一道缓坡前，穿过这道坡，突然一个转身，然后从远处死死地盯住了那道坡。在暗淡的天空下，它的轮廓很清晰，但坡上是黑乎乎的一片；这时，在夜空的映衬下，一团看不清形状的东西突然升到高处，却又消失了。我现在确信，我那位黄褐色面庞的对手又一次暗中靠近了我；同时我也沮丧地意识到，我迷路了。

有那么一段时间，我心乱如麻地急急赶路，看不到一点希望，那个潜行的家伙紧随身后。不管其是什么，这个东西要么是没有足够的勇气袭击我，要么就是在等待时机，让我陷入某种被动。我依然小心地走在开阔一些的地方。不时回过头听听动静；此时此刻，我差不多已经说服我自己，那个跟踪者已经放弃了对我的跟踪，或者那根本就是我自己的臆想。然后，我听到了大海的声音。我加快脚步，几乎是在奔跑了，但我的身后却紧跟着响起了踉跄的脚步声。

我猛然转身，盯着身后模糊不清的树丛。一个黑乎乎的阴影似乎跳到了另一边。我侧耳倾听，身体僵硬，却只听到血液在我的耳朵里流动。我想我的神经快要绷断了，我的思想在欺骗我，于是，我毅然决然地再次朝着传来大海的声音的那个方向走去。

走了不大一会儿，树木更加稀疏，眼前是一个裸露的、低低的海岬延伸到昏暗的水中。夜晚静谧清凉，越来越多的星星眨着眼睛，星光映射在缓缓起伏的海面上。离海还有一段距离，水流冲到礁石上，礁石本身泛着苍白的光。我向西望，黄道光与夜晚星星昏黄的光芒交融在一起。海岸线从我站的地方向东绵延，往西则被海岬的脊梁挡住了。于是，我又想起摩罗的海滨是在西边。

一条细嫩的枝条在我身后折断了，有窸窣的声音。我回头，面对的还是黑黢黢的树林。我什么也看不见——或者我看到的东西太多了。黑暗中每一个模糊的形状都充满了不祥，提醒我一定不能掉以轻心。所以，我站了大约一分钟吧，一边注视着静静的树林，一边转身向西穿过了海岬；而我刚一抬脚，潜伏在黑暗中的那一位便又跟上了我。

我的心怦怦直跳。此刻，已经能看见西面的一大片海湾，于是，我又停了下来。那个无声无息的影子也在离我十几码的地方站住了。远处的波浪上有一点闪光，星光下，灰色的沙滩朦胧不清。那一点光亮大概离这里有两英里吧。要到达岸边，我必须要经过暗影幢幢的树林，从一道长满灌木丛的坡上下去。

现在，我对那个东西看得更清楚了。那东西不是野兽，因为那东西直立着。看到这一点，我张嘴想要说话，却发现一口浓痰噎住了我的声音。我又张开嘴，喊道："谁在那里？"没有回答。我向前走了一步。那个东西没有动，只是拢了拢身子。我的脚碰到了一块石头。这让我有了主意。我的眼睛依然看着前面那个黑乎乎的形状，弯腰捡起了这块石头；但是，看到我的举动，那个东西突然像狗一样掉头灰溜溜地跑进远处的黑暗中。这时，我想起了小学生对付大狗的办法，我把石头裹在手帕里，然后缠在我的手腕上。我听到远处的暗影中有动静，似乎是那个东西在逃跑。可是，我心里的狂喜突然一下子消失得无影无踪；对手逃走了，我的手里有了这件武器，我却开始大口地喘气，浑身不住地颤抖。

我当时还没有鼓起勇气穿过海岬侧面的树林，到达海边。最后，我还是跑了过去；等我穿过灌木丛，站在海滩上时，我听到另一个身体跌倒在我身后。我顿时吓疯了，开始沿着海滩狂跑。啪嗒啪嗒的脚步声又迅速地向我追来。我狂吼一声，飞奔起来。几个模模糊糊的黑家伙，有兔子的三倍或四倍大，从海滩向我经过的灌木丛跑去，或者说跳去。

只要我还活着，我就忘不了那种被追逐的恐怖。我跑到了水边，时时听到啪嗒啪嗒的脚步声紧随而来。那昏黄的光亮还在远处，在那够不着的远处。我们周围的夜色黝黑寂静。追逐的脚步啪嗒啪嗒，越来越近。我感到我快要喘不上气了，因为我没有受过任何训练；我每喘一口气，都能听到呼吸的抗议，我的腰部痛得像刀在割。我明白，那个东西会在离围场老远的地方撵上我，我一转身迎着那东西走了上去，单等其靠近我，我就揍那东西，拼命揍。在这个过程中，石头从手帕里甩了出来。等我转过身来，那个东西，本来一直是四肢在跑，却站了起来，飞出去的石头正好打在那东西左边的太阳穴上。头骨被砸得砰的一声响，那个半人半兽的家伙猛冲到我跟前，用手推了我一把，踉踉跄跄地从我身边冲过去，直接跌倒在沙滩上，脸栽进水里，躺在那里一动也不动了。

我无法让自己靠近那黑乎乎的块头。我把那家伙丢在那里，任凭海水在其周围汩汩地泛着涟漪。在宁静的星光下，我给那家伙找了一个宽敞的铺位，随后，我便继续朝着那幢发出昏黄灯光的宅院走去。此刻，我放心地舒了一口气，但随之传来了美洲狮的啸叫，最初，正是那声音驱使我走出来探索这座神秘的岛屿。听到这声音，尽管我已经头晕目眩，疲惫不堪，我还是打起精神，再次向着那灯光跑去。我想，我听到一个声音在叫我。

第十章　人声凄厉

我离那栋房子越来越近，我看见我屋子的门开着，里面的灯亮着；接着，橘黄色灯光另一头的黑暗中传来喊声，是蒙哥马利的声音："普伦迪克！"

我继续奔跑。过了一会儿，我又听到了他的呼喊。这次，我用细若游丝的声音应了声："哎！"接着，我便跌跌撞撞地到了他的面前。

"你到哪儿去了？"他说，在我离他还有一臂之遥时扶住了我，门内散出的灯光照在我的脸上，"我们忙得把你给忘了，直到半小时前才想起来。"

他把我让进屋里，安顿我在躺椅上坐下。屋里那明亮的灯光照得我一时睁不开眼。

"我们想你不至于连个招呼都不打就去我们岛上探险了吧，"他说，接着又说，"我恐怕……但是……怎么了……喂！"

我最后的一丝力气也从身上溜走了，头低垂在胸前。我想他给我灌了一点白兰地之后，发现有了点起色。

"看在上帝的分上，"我说，"把门扣上。"

“你已经看到了我们的一些秘密，嗯？”他说。

他锁上门，又转过身来对着我。他没有问我问题，只是又给我倒了些白兰地和水，催我赶紧吃点东西。我简直要崩溃了。他含含糊糊地说他忘了提醒我，然后简单地问了问我是什么时候离开房间的，我都看见了什么。

我回答得很简单，没有完整的句子。“告诉我，这一切都意味着什么？”我说，几乎是歇斯底里了。

“没什么可怕的，”他说，“不过，我觉得一天的时间，你已经知道得够多了。”

美洲狮突然又发出一声痛楚的尖叫。听到这一声尖叫，他低声骂了一句。

“他妈的，”他说，“这个鬼地方，要是再加上一些猫，简直就和伦敦高尔街一样糟糕。”

“蒙哥马利，”我说，“追我的那个东西是什么？是人还是兽？”

“如果你今晚不睡，”他说，“明天你就会掉脑袋。”

我站起来，面对着他。“追我的那东西是什么？”我问道。

他的眼睛没有回避我，斜着撇了一下嘴。他的眼睛一分钟之前亮了一下，随即又暗淡下来。“从你说的情况看，”他说，“我想它是个妖怪。”

我一阵火起，但很快就过去了。我一屁股坐回到躺椅上，双手按住额头。美洲狮又开始叫了。

蒙哥马利走到我身后，将手放在我肩膀上。“你看，普伦迪克，”他说，“不是我让你漂到我们这个糟糕的岛上来的。但是，伙计，它确实不像你感觉到的那么糟。你的精神已经快崩溃了。我给你拿点东西，帮你睡一觉吧。它——不过只能管几个小时。你必须睡一觉，否则，我不会回答你的问题。”

我没有做声。我身子前倾，用手捂住脸。这时，他端着一小杯暗色的液体回来了。他把那东西递给我。我顺从地喝了，他扶我睡到了吊床上。

我醒来时，天已经大亮。我又在床上平躺了一会儿，瞪眼看着上面的屋顶。我注意到，房梁是造船用的材料。我转过头来，看到桌上有为我准备的饭菜。我这才意识到，我饿了，我费力地想要从吊床中爬出来，要说这张吊床，真是为我想得周到，四下里摇晃，让我四脚朝天，摔到了地上。

我站起身，在那些食物前坐下来。脑子昏昏沉沉的，对昨天晚上发生的事情已经基本没有什么印象了。清晨的微风从没有窗框的窗户吹进来，心神为之一爽，而且这些食物让我舒服了许多，在这一点上，人和动物是一样的，我已经体验过了。我身后的门——向内通向围场院子的门——这会儿是开着的。我一回头，看见了蒙哥马利的脸。

“好了，”他说，“我忙死了。”便把门关上了。

我发现他忘了将那扇门锁上。随后，我记起了头天晚上他脸上的表情，有关我所经历过的一切的记忆一下子在我眼前重新组合在一起。甚至当那种恐惧再次袭来时，从里面传来一声哭喊；但这次，不是美洲狮。我将一直举在嘴边的食物放下，侧耳倾听。一片沉寂，只有晨风的低语。我开始想，是不是我的耳朵骗了我。

过了好长一会儿，我继续吃饭，但我的耳朵依然非常警觉。我听到了另外什么东西的声音，非常微弱，非常低沉。我坐在那里，好像僵住了。尽管那声音很弱、很低，但它比我目前为止所听到的墙后面那些令人厌恶的声音更让我牵心。这次绝对不会错，我明白那种含混的、断断续续的声音是怎么回事了，我能确定声音的发出者。因为它是一种呻吟，它的断断续续是因为抽泣和痛苦的喘息。这次不是野兽，是一个遭受折磨的人！

意识到这一点，我站了起来，几步跨到门前，抓住通往院门的把手，一把拉开了我面前的门。

“普伦迪克，伙计！站住！”蒙哥马利喊道，想要阻止我。

一头受惊的猎鹿犬发出吠叫，龇牙咆哮。我看见了，水池子里有血——棕色的，带点猩红色——我闻到了石炭酸的特殊味道。通过稍远处一扇打开的门，在阴影下暗淡的光线里，我看见有个东西被绑在架子上，很痛苦的样子，身上到处是伤疤，浑身都是红的，而且用绷带裹着。

老摩罗的脸出现了，惨白恐怖，挡住了我的视线。他用一只满是血污的手抓住我的肩膀，扭起我，直接把我拖回到了我自己的屋里。他提着我，就像我是一个小孩子。我重重地跌在地上，门哐的一声关上了，他气势汹汹的脸看不见了。然后，我听到钥匙在锁孔里转动，蒙哥马利在劝他。

“一生的心血全毁了。”我听见摩罗说。

“他并不知道……”蒙哥马利说。他还说了些其他什么内容就听不清了。

“但我没时间了。”摩罗说。

他们下面的对话，我也没有听清。我爬了起来，站在地上发抖，惊恐惶惑让我心乱如麻。我想，这里在对人进行活体解剖，这怎么可能？这个问题的出现仿佛在乌云翻滚的天空划过一道闪电，突然之间，我心中阴郁的恐怖凝聚到一个点上，我自己的危险就要变成活生生的现实了。

第十一章 追逃

我心里生出一种荒唐的希望，就是逃跑，因为我这间屋子外面的门依然是开着的。我现在相信，确信无疑，摩罗解剖了一个活人。自从我听到他的名字，我心里就一直试着以某种方式将这个岛上的人的动物特征与他的邪恶行径联系起来；现在，我想我全搞清楚了。我又想起他在输血方面所做的研究。我看到的那些怪物正是某个骇人听闻的实验的牺牲品。这些让人恶心的混蛋想对我隐瞒真相，他们对我表现出信任的样子，想以此来愚弄我。现在，将要落在我头上的结局比死亡更加可怕——百般虐待；之后，最令人发指的很可能是，放了我，但我已经没有灵魂，变成一只野兽，成了他们的狂欢宴会上的又一道大菜。

我环顾四周，看有什么武器，但什么也没有。我灵机一动，将躺椅翻过来，用脚踩住一侧，将一边的扶手卸了下来。正好从木框上拔出了一枚钉子，钉子尖凸在外面，让一件不起眼的武器多了一点威胁性。我听见外面有脚步声，我想都没想，一下子把门拉开，蒙哥马利离门不到一码远了。他是来锁外面这道门的！我举起手中那根带钉子的板子，朝他脸上砍去；但他向后跳开了。我犹豫了一下，掉头就跑，跑到了院子的转角处。“普伦迪克，朋友！”我听到蒙哥马利惊慌地喊道，“别做傻事，朋友！”

我想，再耽搁一分钟，他就把我锁在里面了，像医院里那些兔子一样随时等着被解剖就是我的命运。他到了拐角跟前，因为我听到他在喊：“普伦迪克！”他开始追我，一边跑，一边喊着什么。这次，我完全没有方向，我朝东北方向跑，与我上次探险的方向成直角。我在海边狂奔，侧身看见他的仆人和他在一起。我没命地往山坡上跑，到了坡上，转向东，那里是一条多岩石的山谷，两边都是灌木丛，我沿着这条山谷跑了大约一英里，我的胸口像被撕开一样难受，耳朵里听到心脏的跳动声；此时已经听不到蒙哥马利或他的随从的任何声音，我也已经筋疲力尽，我判断应该直接返回到海边，在藤蔓的遮蔽下歇歇脚。我在山谷里停了很长时间，心中充满恐惧。我不敢轻举妄动，甚至吓得不敢计划一条行动路线。我周围的荒野在太阳下寂静无声，附近唯一的声响是小虫子发出的嘤嘤嗡嗡的声音。他们已经发现我了。这时，我觉察到一种催眠似的呼吸声，是海水哗啦哗啦地打在海岸上的声音。

大约过了一个小时，我听见蒙哥马利在喊我的名字，在北面，离这里很远。这让我想到我的行动计划。按照我当时的理解，这个岛上的居民就只有这两个做活体解剖的人，还有那些已经成了动物的牺牲品。这些牺牲品中的某一部分可能被迫为他们服务，来与我对抗，如果有必要的话。我知道，摩罗和蒙哥马利都带着左轮手枪；而我除了一块上面有一个小钉子的破板条——那就是个很滑稽的“拐杖”——我几乎是手无寸铁。

所以，我依然躺在那里，直到我开始想到食物和饮水的问题；于是，我再次真切地意识到自己此刻已几乎陷入绝境。我不知道如何找到吃的东西。我对植物一无所知，无法从身下的根茎或果实中发现什么来充饥；我也不会设陷阱捕获岛上不多的兔子。我越想越觉得茫然。最后，在绝望中，我的心思转到了我见过的那几个像动物一样的牺牲品身上。我试图从我对它们的记忆中找到一点希望。我开始回想它们当中的每一位，想从记忆中搜寻一些有用的蛛丝马迹。

这时，我突然听到猎鹿犬的吠声，我意识到了一种新的危险。我没有多少时间思考，因为摩罗他们马上就能抓到我，我抓起那块带钉子的板条，迅速从我的藏身处径直向发出海浪声的方向奔去。我记得遇到一些带刺的植物，它们的棘刺像削笔刀一样锋利。我到达一条向北流淌的溪水边时，已经是鲜血直流，衣衫褴褛。我一分钟都没犹豫，直接跑进水中，涉入溪水，才发现这是一条小溪，只有齐膝深。最后，我从西面爬上岸，我的耳朵能听见心脏剧烈跳动的声音，我悄悄地潜入一丛蕨类植物中，静观事情的发展。我听到狗（岛上只有一条狗）的声音越来越近，而且靠近荆棘丛时，它开始狂吠。然后就什么都听不见了，我开始认为我已经逃脱了。

几分钟的时间过去了；周围依然是一片寂静，一个小时过去了，平安无事，终于，我又有了信心。这次，我不会再感到恐惧或沮丧。我现在觉得我的生命其实已然失去，我说服自己有能力也敢于应对任何事。我甚至希望与摩罗面对面地较量一番；当我下到水中，我想起来，就算我被逼得无路可逃，至少还有一条路，让我可以不受折磨——他们无法阻止我投水自尽。我当时差一点就走了这条路，但一个奇怪的愿望冒了出来，我想要看到这场冒险的结局，这个莫名其妙的并非关乎个人的强烈的好奇占据了我的思想。我伸展了一下四肢，那些荆棘植物的尖刺弄得我疼痛难忍；我环视周围的树木，突然，好像是从这些绿色的网格中跳出来似的，我的眼睛看到一张黝黑的脸在注视着我。我看它像猿猴，它在海滩上见过那条船。它正往一棵棕树倾斜的树干上爬。我抓住我的板条，站起来看着它。它开始哇啦哇啦地说起话来。“你，你，你！”我一开始只听懂了这个字。突然，它从树上跳下来，随后分开树叶，好奇地看着我。

我对这个猿猴般的家伙不像对我遇到的其他人兽[①]那样感到厌恶。“你，”它说，“在船上。”这么说，它原来也曾是个人，至少是和蒙哥马利的随从一样，因为它可以讲话。

“是的，”我说，“我是坐船来的。从那条大船上来。”

“哦！”它说，一双明亮的眼睛咕噜噜转，在我身上逡巡，看我的手、我拿着的板条、我的脚、我衣服上破破烂烂的地方，还有那些棘刺在身上留下的伤口和刮痕。它似乎对什么事情感到疑惑不解。它的眼睛又回到我的手上。它伸出自己的手，慢慢地数自己的手指：“一、二、三、四、五——呃？”

我当时没看明白，后来我发现许多人兽的手畸形得厉害，有的缺三个指头。但是，我猜测在某种意义上这也是一种打招呼的方式，于是我像它一样数手指来回应。它咧开嘴满意地笑了。随后，它又

① 此时普伦迪克坚信是摩罗和蒙哥马利将人变成了兽，后来知道他们是将兽改变成人，所以这里译为人兽，书中在普伦迪克了解真相后的部分，则译为兽人。——译者

迅速地把我打量了一遍，身子灵巧地一动——消失了。它刚才站立其间的蕨草叶子又合在一起发出刷刷的响声。

我拨开它那块儿的灌木丛，惊奇地发现，它高兴地拽着一条从头顶的枝叶上垂下来的藤蔓在荡秋千。它的背对着我。

“嗨！”我说。

它转身跳下来，站在我面前。

“我说，”我说道，“我在哪儿能弄到吃的？”

“吃！”它说，“吃人的食物，现在。”它的眼睛转回去看那些荡来荡去的藤蔓，“在茅屋里。”

“可茅屋在哪儿？”

“噢！”

“我是新来的，你知道。”

听我这样说，它转了个圈，开始快步走。它所有的动作都快得出奇。“跟我来。”它说。

我跟着它去看个究竟。我猜想那茅屋大概类似于简易房，它和其他的人兽就住在那里。我或许会发现它们很友善，或许能在它们心里发现什么可以让我掌控的东西。我不知道它们对它们的人类特征已经遗忘了多少。

我这位猿猴一样的伙伴在我的身边一溜小跑，双手下垂，下巴前伸。我不知道它都有什么样的记忆。“你在这个岛上多长时间了？”我说道。

“多长？”它问道。我把问题重复了一遍，它伸出三个手指。

这个人一样的东西比白痴强不了多少。我试着想弄明白它是什么意思，但这好像让它很不耐烦。我又问了一两个问题后，它突然从我身边走开，跳起来去够一棵树上的果子。它将一把长刺的坚果的壳剥掉，吃里面的果肉。我高兴地看着这一幕，因为这至少表示有东西吃。我试着继续问它一些另外的问题，但它一直不停地说着，它对某个问题常常是马上做出反应，但它的回答常常跟我的问题基本挨不上。只有很少的几句稍微靠点谱，其余的简直是在鹦鹉学舌。

我全部的心思都在这些稀奇古怪的特征上，所以几乎没注意我们走的这条路。此刻，我们到了树林里，这儿的一切都烧焦了，呈现出棕褐色，就连一处覆盖着一层黄白色硬质材料的空地也不例外，那层覆盖物上飘浮着一层烟雾，鼻子和眼睛都能感受到一股辛辣的味道。在我们的右边，在一大块裸露的岩石上方，我看到一线蔚蓝的大海。这条路弯弯曲曲，突然插入一条狭窄的沟壑中，两边堆着黑色的煤渣。我们一头扎进的就是这样一个地方。

耀眼的阳光照在含有硫黄的地上，之后，这条通道变得极为昏暗。它的两边渐渐陡峭，几乎碰在一起了。一团团的绿色和猩红色从我眼前飘过。我的向导突然停了下来。“家！”它说。我就站在峡谷的缝隙处，它一开始在我面前只是一片漆黑。我听到一些奇怪的嘈杂声，我将左手的指关节伸到眼前。我闻到一股难闻的气味，很像没有打扫干净的装猴子的笼子。在上方，岩石在一道缓坡上又分开了，坡上是阳光照耀下的绿色植物，在两边，光线从狭窄的地方照下来，所以中间便显得很暗。

第十二章　宣法者

我的手碰到什么凉凉的东西。我吓了一跳，定睛看，跟前是一个暗粉色的东西，活脱脱就是一个被剥了皮的孩子。这个东西的所有特征都和树懒非常贴近，虽然没有什么危险性，但让人觉得恶心，它也一样是前额很低，姿势呆板。

由于光线变化而造成的一阵惊骇过去之后，我对身边的环境看得更清楚了。那个貌似树懒的小生命站在那里盯着我看。我的向导不见了。

这个地方是火山岩峭壁之间的一条狭窄通道，是一块凹凸不平的岩石中间发生断裂而形成的，两边有一团一团交织在一起的海藻、棕榈叶、芦苇叶，它们贴在岩石上，构成了简陋且漆黑阴暗的窝穴。这些窝穴之间通向深谷的小路曲曲折折，宽度还不到三码，而且一堆堆的烂果子和其他垃圾让这条路不成样子，也因为这些东西，这里恶臭扑鼻。

当我那位猿人在最近的一个窝穴口再次出现的时候，那个树懒一样的粉色小东西还在眼睛一眨一眨地看着我，猿人招手让我进去。

这时，一个无精打采的怪物从一个洞里一扭一扭地出来了，它走到这条古怪通道上稍远一点的地方，上方是一片葱绿，它站在那里打量我，样子毫无新奇之处。

我犹豫了一下，几乎想从来的路上跑掉；但我还是决心要看个究竟，我握住那块带钉子的板条的中间部分，跟在我的向导身后，钻进了那间窄小的、气味难闻的披棚。

那是个半圆形的空间，样子很像是半个蜂巢；靠着里面的岩石墙下面堆着各种果子，其中就有椰子。几个用石头和木头做成的粗陋容器立在地上，有一个放在一个破板凳上。没有火。在小屋最黑暗的角落里坐着一个看不出形状的暗影，我进去的时候，它咕哝了一句："嗨！"

我的那位猿人站在门口的暗处，在我弯腰走到另一个黑暗的角落蹲下时，递给我一个椰子。我接过椰子，开始用牙啃。我尽量表现得很沉着，尽管这个小窝令人有些不安，而且逼仄不堪。

那个粉色的、长得像树懒的小东西站在这间小棚子的入口处；另外一个褐色面孔、眼睛明亮的东西走过来，从它的肩膀上朝我这边张望着。

"喔！"声音来自对面那个神秘的大块头，"这是个人。"

"是个人，"我的向导唠叨着，"一个人，一个人，一个五指人，像我一样。"

"闭嘴！"黑暗中的声音说，而且还嘟囔着什么。在一种令人终生难忘的寂静当中，我啃食着手里的椰子。

我偷眼向黑暗中看去，但什么也看不见。

“是个人，”那个声音重复了一遍，“他来和我们一起生活吗？”

这个声音很沙哑，有种特别的感觉——类似于口哨的声音——给我留下了特殊的印象，却带着正宗得出奇的英国音。

猿人看着我，好像在期待什么。我觉察到这时的停顿是在等我回答。

“我来和你们一起生活。”我说。

“这是个人。他必须得学法律。”

我开始分辨出黑暗中有一团更加黑的影子，那是一个背部拱起的人的模糊轮廓。我又注意到这个地方的入口处暗了下来，因为又多了两个黑脑袋。我的手紧紧抓着板子。

黑暗中的那个东西用更大的声音说：“跟我背诵法律。”可是，我没反应过来。

“不要用四肢行走！这是法律。”这句话在某种程度上是那个东西唱出来的。

我糊涂了。

“你跟着说”猿人说，它重复了几遍，门口的几个一起重复了这句话，声音中满是威胁的意味。

我意识到我必须得重复这句白痴般的句子，然后便开始了一项最疯狂的仪式。黑暗中的声音开始吟诵一篇疯狂的连祷文，我和其他人兽跟着重复。它们在重复的时候，身体以一种奇怪至极的方式来回摆动，手在膝盖上拍打；我学着它们的样子做同样的动作。我只能想象自己已经死了，现在是在另一个世界。这间黑暗的小屋，这些奇形怪状的昏暗身形，只有星星点点微弱的光，它们全都以统一的模式摇摆吟唱。

“不能用四肢着地行走，这是法律。难道我们不是人吗？”

“不能用舌头舔水喝，这是法律。难道我们不是人吗？”

“不能生吃鱼和肉，这是法律。难道我们不是人吗？”

“不能用手撕抓树皮，这是法律。难道我们不是人吗？”

“不能追逐攻击他人；这是法律。难道我们不是人吗？”

就这样从禁止这些荒唐行为，一直到禁止一些我认为当时最疯狂、最不可能发生和你能想到的最下流的各种事。我们每一个都陷入一种有节奏的狂热；我们不停地祷告，而且身体越摇越快，不断地重复这些奇怪的法律。表面上看，这些人兽感染了我，但在我内心深处，好笑和厌恶扭缠在一起，难解难分。我们把长长的一串禁令过了一遍，然后，换唱一首新祷文。

“他的家是痛苦之家。”

“他的手是制造之手。”

“他的手是创伤之手。”

“他的手是治愈之手。”

又是一连串的重复，我基本上没听懂关于“他”的那些胡言乱语，不管“他”是谁。我也可以当它是一场梦，但是从前在梦里，我从未听到过吟唱。

“他是闪电，”我们唱道，“他是盐海，深不可测。”

一个可怕的怪念头出现在我的脑海，摩罗在将这些人兽化之后，已经在它们枯萎的大脑里将自己神化了。不过，我已经深深地认识到在这些白灿灿的牙齿和有力的魔爪的包围中，我不能因为那个念头而停止吟唱。

“他是天空的星星。”

那首歌终于唱完了。我看见猿人的脸上汗津津的；我的眼睛现在已经习惯了黑暗，对发出声音的角落里的身形，我看得更清楚了一点。从身量上看，那是一个人，但身上似乎有一层灰色的毛发，很像斯凯岛上的一种猎犬。它是什么呢？它们又是什么呢？想象一下你自己被一群你能想到的可怕的畸形怪物包围着，你或许多少能明白一点我对这些奇形怪状的小丑的感受，它们是对人的丑化。

“他是一个五指人，一个五指人，一个像我一样的五指人。”猿人说。

我伸出我的双手。角落里那个灰色的家伙向前倾了倾身子。

“不能用四肢着地行走，这是法律。难道我们不是人吗？”它说。

它伸出一只扭曲得怪模怪样的爪子抓住了我的手指。那简直就是鹿蹄子做成的爪子。我又惊又痛，本来想要大叫的。它的脸凑上前来仔细地瞧我的指甲，它的脸凑到这间小屋入口处的光线下，我看清了那张脸，我恶心得不住发抖，那既不像人的脸，也不像野兽的脸，只是一团乱蓬蓬的灰发，有三个隐约隆起的拱形，代表眼睛和嘴巴。

“他长着小指甲，”这个长着灰色胡须的狰狞的家伙说，“很好。”

它丢开我的手，我本能地抓住我的板子。

“吃根茎和草叶。这是他的意愿。”猿人说。

“我是宣法者，”那个灰色的家伙说，“这些都是新来的，来这里学习法律。我坐在暗处，宣讲法律。”

“这是公平的。”站在门口的一只人兽说。

“灾祸是对那些违背法律的家伙的惩罚。没人逃得掉。”

“逃不掉。”那些人兽说，偷偷地相互看了一眼。

“没有人，没有人，”猿人说，“没人逃得掉。想清楚！我曾做过一件小事，一件错事。我唠叨，唠叨，不说了。没人听懂。在我手上烫了一个烙印。他是伟大的。他是善良的！”

“没人逃得掉。”角落里的灰毛怪说。

“没人逃得掉。”人兽们说，斜着眼睛看了彼此一眼。

“对所有人来说，欲望都不是好东西，”灰毛宣法者说，“你想要什么，我们不知道，但我们会知道的。有人想追逐移动的事物，想看过后偷偷溜走，再突然出现；想大开杀戒，大咬大嚼，饱饮鲜血。这不好。‘不能追逐攻击他人，这是法律。难道我们不是人吗？不能生吃肉或鱼，这是法律。难道我们不是人吗？’”

“没人逃得掉。”一个站在门口长着斑纹的人兽说。

“对所有人来说，欲望都不是好东西，”灰毛宣法者说，“有人想用牙齿和手撕裂事物的根部，对地球上的一切都不放过。这不好。”

“没人逃得掉。”门口的人兽说。

“有些人把树挠坏，有些去掘死人的坟墓，有些用前额或双脚或爪子打斗，有些平白无故地突然撕咬起来，有些人不爱干净。”

“没人逃得掉。”猿人说，一边挠它的腿肚子。

“没人逃得掉。”那个长得像树懒的粉色小东西说。

“惩罚是严厉的，是绝对的。因此，要学习法律。说这些字。”

它不由自主地又开始唱诵那关于法律的奇怪的连祷文，我和其他所有的人兽便也开始一边唱诵，一边摇摆。叽里呱啦的唱诵，加上这地方的那股恶臭，搞得我头晕目眩；但我还是坚持着，相信此刻能够找到新的生机。

“不能用四肢着地行走，这是法律。难道我们不是人吗？”

我们一直这样吵吵嚷嚷的，我竟然没有注意到外面的骚乱，直到有一个人兽从那个粉色的小树懒人肩膀上伸出脑袋，我想它是我见过的那两个猪人当中的一个，它激动地大喊大叫，喊的什么我没听见。门口的那些人兽一下子全不见了，我的那位猿人冲了出去，坐在暗处的那一位跟在它后面（我只看到他块头很大，全身灰毛），把我一个人丢在原地。我还没有走到出口，就在这时，我听到了猎鹿犬的吠声。

我在这间小窝棚外面又站了一会儿，手里拿着我的板子，我身上的每一块肌肉都在颤抖。我眼前是厚实的脊背，我想大概有十几个人兽吧，它们那畸形的脑袋有一半陷在肩胛骨中间。它们激动地比画着。其他半人半兽的面孔从各个小窝棚探出来，疑惑地瞪着眼前的景象。我朝它们面对的方向看去，从树下的薄雾中走来，出现在这些窝棚的通道的另一头的，正是摩罗昏暗的身形和惨白的脸。他拽着那头一个劲儿向前跳跃的猎鹿犬，他的身后是蒙哥马利，手里拿着左轮手枪。

有一会儿的工夫，我站在那里，吓傻了。我转过头，发现身后的通道被另一个人兽堵住了，它长着一张灰色的大脸，两只小眼睛不停地眨巴，正在向我逼近。我四下里看了一眼，发现我右前方六码左右的岩石墙上有一道窄窄的裂缝，一道光线透过那道裂缝斜着照到阴影中。

“站住！”我大步奔向那道裂缝时，摩罗大吼了一声，接着吼道，“抓住他！”

于是，一张脸转向我这边，然后是其他的脸。它们痴愚的心智反应很慢，真是令人高兴。我用肩膀朝一个正转过头看摩罗是什么意思的人兽撞去，把它撞到了另一个人兽身上。我觉得它的手在乱抓，想要抓住我，但没抓着。那个粉色的小树懒向我冲来，我用那块板子上的钉子划伤了它那张丑陋的脸，随即爬上了旁边一条陡峭的小路，那是从窝棚里伸出的一根倾斜的烟囱。我听到身后一声嚎叫，还有“抓住他！”“抓住他！”的喊声，那个灰脸人兽出现在我身后，将它的大块头卡在了那道裂缝中。“使劲儿！使劲儿！”它们吼叫着。我爬上那道狭窄的岩石裂缝，看到这群人兽的村子西面有硫黄。

这道裂缝确实是我的一个生机，因为这个很窄的烟囱向上倾斜着，它肯定挡住了离我更近的追捕者。我跑上那块白色的空地，下了一道陡坡，又穿过零散的树丛，来到一个低处。那儿是一片高高的芦苇，穿过芦苇丛，我进到一片阴暗、茂密的灌木丛，脚下又黑又黏。我一头扎进芦苇丛时，第一个跳起来追我的人兽从裂缝中抽出身来。我花了几分钟的时间在灌木丛中开出一条路。我的身后和周围很快响起了威胁的喊声。我听到追我的人兽乱哄哄地拥在上坡的那道裂缝中，接着便是踩踏芦苇的声音，不时还夹杂着树枝折断的声音。有些人兽像处于亢奋状态的猛兽一样嚎叫着。猎鹿犬在左边狂吠。我听到摩罗和蒙哥马利他们似乎对着同样的方向在叫喊。我径直转向右面。即使在那个时候，我似乎还是听见蒙哥马利的喊声像是在让我逃命。

此刻，脚下的地面变成松软的烂泥，但我还是不顾一切地踏了进去，在齐膝深的淤泥中挣扎着往前走，终于踏上了一条弯弯曲曲掩映在高大的藤蔓中的小径。追我的人兽的喧嚣声在我的左面消失了。三只怪模怪样的、粉色的动物，大约有猫那么大，蹦跳着从我脚下惊恐地跑过。这条小径通向山上，穿过另一处外表是白色硬化层的空地，又伸向一片藤萝当中。随后小径突然一个急转弯，与一条两边是峭拔的岩石墙的裂缝成平行状态继续向前延伸。这道裂缝横空出世，之前没有任何迹象，很像英国公园中的矮墙。这一个急转弯来得突然，我仍然用尽所有的力气在奔跑，始终没有发现地形突然下降，直到我感觉仿佛在空气中飞过。

我的前臂和脑袋先着了地，跌在荆棘丛中，我再站起来时，耳朵上全是刺，满脸是血。我掉到了一个陡峭的峡谷中，到处是岩石和荆棘，四周弥漫着薄雾，一缕一缕在我身边飘过，薄雾从一条小溪向四周弥漫。光天化日下居然会有这一层薄雾，真是让我惊讶；但我当时可没有时间想这些。我转向右边，沿着溪流走，希望朝那个方向能到达大海，这样，我就可以投海自杀了。过后我才发现，我那块带钉子的板条已经在摔下峡谷时丢掉了。

现在，峡谷越来越窄，我无精打采地踏进一条溪水当中。但我马上又跳了出来，因为那水几乎是滚烫的。我同时注意到，在这涡旋状的水上漂着一层淡淡的硫黄浮渣。峡谷突然出现了一个转弯，模模糊糊地现出蓝色的地平线。太阳在更近一些的海面上闪耀。我看见死亡就在我的面前，但我浑身发热，大口地喘着气，热血涌到脸上，在我的血管里欢快地流淌。远离了我的追捕者，我感到的不仅仅是一阵狂喜。我当时心里想的不是走出峡谷投海自尽。我回头凝视着我走过来的路。

我侧耳倾听。只有小虫在荆棘丛中跳跃，发出嘤嘤嗡嗡的鸣叫声，空气一片静谧。接着便传来狗叫声，非常微弱，然后是叽叽喳喳的人声，鞭子的抽打声，还有各种声音。这些声音忽远忽近。嘈杂声到了溪流附近逐渐减退，最后消失了。追捕暂时告一段落，但我知道了在这些人兽身上，我有多大的希望可以获得帮助。

第十三章 谈判

我又一次转身朝大海走去。我发现这股滚烫的溪水的水面开阔起来，流到一片杂草丛生的沙滩，水很浅，水里到处是螃蟹和长身子、长着很多条腿的动物，我的脚步让它们受到惊吓，逃开了。我走到水变咸的地方，那时，我觉得自己安全了。我双手叉在腰上，回头看我身后浓浓的绿色，雾蒙蒙的峡谷仿佛是一道吞云吐雾的豁口。但是，我说过，我太激动（这是实话，尽管那些从未经过危险的人可能会对此表示怀疑），太绝望，竟至于不想死了。

当时，我脑子里想的是，我面前有一个机会。当摩罗和蒙哥马利以及那些乌合之众在岛上四处追捕我的时候，我是否可以沿着海滩走，一直到我回到他们的围场，事实上就是从他们的侧翼穿过去，然后从他们砌得不太紧实的墙中抽出一块石头，或许可以用这块石头砸开小门儿上的锁，看看能找到什么（刀子，手枪，或其他类似的东西），在他们回来的时候，跟他们搏斗一番？不管怎么说，都可以试一下。

于是，我转身向西沿着水边走。夕阳的光照得我睁不开眼。太平洋上微浪泛着涟漪涌过来。现在，海岸向南延伸，太阳移到我的右手方向。就在这时，在远远的前方，我突然看到一个身影，然后又是几个身影出现在灌木丛中——摩罗，牵着他的猎鹿犬，然后是蒙哥马利，接着是另外两个人。我停下了脚步。

他们也看见了我，打着手势向我这边走来。我站在原地，看着他们逐渐靠近。两个人兽冲上来，断了我回到灌木丛或该岛腹地的后路。蒙哥马利也跑了过来，但他直冲我过来。摩罗在后面牵着狗，稍慢一些。

我终于从麻木状态醒转过来，转向大海，直接走进海水当中。水刚开始很浅。我都走了三十码了，水才到我的脚踝。我隐约看见滩涂上的小动物慌忙从我的脚边逃开。

“你干什么，朋友？”蒙哥马利喊道。

我转过身，站在刚没到脚踝深的地方，凝视着他。蒙哥马利站在水边大口地喘气。因为体力耗费太过，他满脸通红，他那很长的淡黄色头发被吹得乱七八糟，耷拉着的嘴唇张开，露出不对称的牙齿。摩罗刚刚赶到，他面色苍白，但神情坚定，手里牵着的狗对着我狂吠。两人都拿着重重的鞭子。人兽们则站在远处的海滩上观望。

“我在干什么？我要淹死我自己。”我说。

蒙哥马利和摩罗对视了一眼。“为什么？”蒙哥马利问道。

“因为这样胜过受你们的折磨。”

“我告诉过你……”蒙哥马利说，摩罗低声说了几句什么。

“你为什么认为我要折磨你？”摩罗问道。

“我看见了，”我说，“还有那些……那儿。”

“嘘！”摩罗说，一边举起一只手。

“我不会那样，”我说，“它们原本是人！现在它们是什么？我至少不想像它们一样。”

我的目光越过和我讲话的这两个人。海滩那边是蒙哥马利的随从马灵，还有一个是从船上来的裹着白布的野人。更远一点，在树荫下面，我看见我的那位小猿人，它后面还有几个模糊的身影。

“这些东西是怎么回事？”我说，我指着它们，同时，我的声音越来越高，它们或许听得到，“它们原本是人，是和你们一样的人，你们让它们染上野兽的味道，你们把它们变成奴隶，但你们仍然害怕它们。”“你们听着，”我喊道，这次是指着摩罗，朝着那些人兽喊，“你们听着！难道你们没有看到这些人仍然害怕你们，惧怕你们吗？那么，你们为什么害怕他们？你们人多……”

“天哪，”蒙哥马利喊道，“住嘴，普伦迪克！”

“普伦迪克！”摩罗喊道。

他们一起喊叫起来，好像要压倒我的声音；他们身后的人兽垂下观望的面孔，疑惑不解，它们畸形的手耷拉下来，肩膀耸了起来。和我想的一样，它们好像试图理解我的话，试图记起什么，我想，是要记起它们作为人的过去。

我继续喊，我记不清都喊了什么，大概是它们可以杀了摩罗和蒙哥马利，它们没什么可怕的。那是我在这些人兽的脑子里增加的一个负担。我看见那个穿着深色的破衣服、绿眼睛的人兽，在我刚到的那个晚上，它见过我，它从树丛中走出来，其他人兽跟在他后面，这样能听得更清楚。最后，我气都上不来了，于是，我停了下来。

“听我说几句，”摩罗的声音很沉稳，“然后你再接着说。”

“嗯？”我说。

他咳嗽了几声，想了一会儿，然后喊道：“我用拉丁语讲，普伦迪克！不管你的拉丁语有多烂，即使只有小学生的水平；不过你试试，应该能听懂。它们绝对不是人；不是生下来就称之为人的动物，而是活体改造出来的。就是人化……我会给你解释。到岸上来。”

我大笑起来。“一个不错的故事，”我说，“它们谈话，盖房子。它们本来就是人。我也许会上岸。”

“你站的地方后面就是深水区——到处是鲨鱼。”

“那是我的事，”我说，“有话直说。马上。”

“等一下。”他从口袋里拿出一样东西，太阳光照在上面，亮闪闪的，他把这东西扔在脚下。“这是装了子弹的左轮手枪，”他说，“蒙哥马利也会这样。现在，我们上到岸上去，直到你认为我们之间的距离安全为止。然后，你过来把这两把枪拿上。”

“我没有！但你们两个人中还有第三把枪。”

“我希望你考虑一下，普伦迪克。首先，我从来没有让你到这个岛上来。如果我们将人活体解剖，我们进的应该是人，而不是兽。其次，如果我们想对你有所动作，我们昨晚已经给你服了麻醉药。再者，现在，你的恐慌已经过去，你能不能想一下，你能改变这个蒙哥马利的特征吗？我们追你是为你好。因为这个岛上有很多有害的东西。此外，既然你刚才已经自愿投海而死，我们为什么还要对你开枪呢？”

“我在那间小屋里的时候，你为什么派你的人抓我？”

“我们认为肯定能抓住你，带你脱离危险。后来，我们没有跟着你的气味追你，是为你好。”

我考虑着。似乎有这种可能。这时，我又想起了什么。

“但是，我看见，”我说，“在围场里……”

“那是美洲狮。”

“你看，普伦迪克，”蒙哥马利说，“你就是头蠢驴！你上来拿着枪说话。我们就和现在一样，只动嘴。”

我得承认，我确实一直不相信摩罗，我害怕他。但是，蒙哥马利，我觉得我还是了解的。

“到岸上去，”我说，想了一下，又补充道，“把手举起来。”

“不行，”蒙哥马利说，示意性地点了下头，“太丢人。”

“那就到树林那儿去，”我说，“随你的便。”

“真他妈麻烦。”蒙哥马利说。

他们两人转过身，面对着那六七个怪物，它们站在太阳地里，一动不动，影子投下来，在地上移动，但是不真实得令人难以置信。蒙哥马利用鞭子抽它们，它们便全都掉头慌忙跑进了树林里；当我觉得蒙哥马利和摩罗走开的距离足够远时，我慢慢上到岸上，捡起手枪检查起来。我很满意，枪上没动任何手脚，我对着一块圆形火山岩开了一枪，不错，石头被打得粉碎，弹壳落在岸边，激起一片水花。但我仍然犹豫了一会儿。

“我就冒一回险。”我终于下定决心，一手拿着一把枪，走上岸去。我面对着他们。

“这样就好多了，”摩罗说，声音不带任何感情，“实际上，因为你错乱的想象，你已经浪费了我一天中最宝贵的时间。”带着一点令我感到羞辱的轻蔑，他和蒙哥马利转身默默地走在我前面。

那群人兽仍然不解地站在后面的树林里。我从它们身边走过，态度尽量谦和。其中一个开始跟着我走，但蒙哥马利的鞭子啪的一声，它又退了回去。其他几个则不作声地站在那里——看着眼前的一切。它们也许曾经是动物，但我之前从未见过一只动物企图思考。

第十四章 摩罗博士的解释

“现在，普伦迪克，我来解释。”我们刚吃喝完毕，摩罗博士便这样说道，“我必须承认，你是我所接待过的最蛮横的客人。我警告你，这是我最后一次这样强迫你。下次如果你再以自杀相威胁，我可不会再管了——即使不费吹灰之力。”

他坐在我的躺椅上，白净的手指看上去很灵巧，手指中间的雪茄抽了一半。摇曳的灯光映着他的白发，他凝视着小窗外的星光。我坐得尽可能离他远一些，桌子隔在我们中间，左轮手枪放在手边。蒙哥马利不在。我不觉得这么小的屋内需要他们二人都在场。

“你承认那被活体解剖的人，如你所称的，其实只是美洲狮了吧？”摩罗说。他先让我参观了那间内室中的恐怖景象，使我相信那不是人类。

“是美洲狮，”我说，“还活着，但已经被砍得残缺不全。我祈祷，不要让我再看到鲜肉。最恶毒的……”

“别介意，”摩罗说，“至少，我不怕看那些给年轻人看的恐怖故事。蒙哥马利以前也是一样的。你承认那是美洲狮。现在就安静一点，我来给你上一堂生理课。”

他随即便开始用一种非常枯燥的语调讲了起来，但这会儿，他的声音还是温和了一些，他向我解释他的工作。他说得很简单，但很有说服力。他的声音中不时夹带些讥讽。这时，我发现自己对我们站在共同的立场感到羞耻。

我见到的人其实不是人，从来就不是人。它们是动物，是被人化了的动物——活体解剖的成果。

“你忘了一个娴熟的活体解剖者可以对活体做些什么。”摩罗说，“至于我自己，我感到困惑的是，何以我在这里做的事情以前就没有人做过。当然，一些小手术还是有人做过的——截肢、割舌、切除体内某个部位。你应该知道斜视眼可能是手术导致的结果，也可以通过手术矫正吧？那么，切除身体某个部位时，会使身体产生各种各样的变化，如色素紊乱、情绪变化、脂肪组织分泌的交替改变……我相信，你听说过这些？”

“当然，”我说，“你这些肮脏的生物……”

“都很好。”他说着，对我摆了摆手，“我才刚刚开始。那些只是小小的变更。手术可以做得更好。有建造，也有毁坏和改变。或许，你听说过将损坏的鼻子进行复原这种平常的外科手术；从前额切一块皮肤，移到鼻子上，在新的地方长合。这种是在动物身体的某个新的部位进行自体移植。从另外一种活着的动物身上获取材料进行移植也是可能的，比如说，牙齿。移植皮肤和骨骼是为了加快痊愈的过程，外科医生在受损的皮肤中间放入取自另一种动物的皮肤，或某个刚被杀死的动物受难者的骨头碎片。猎狗的脊骨——你可能听说过——在公牛的颈部长得很好；阿尔及利亚轻步兵的犀牛鼠也是个例子——在平常老鼠的尾巴上截一段，移到它的鼻子上，使它在那个部位长合，就成了那种怪物。”

“造出来的怪物！”我说，“那么，你是想告诉我……”

“是的。你见到的那些生命是将动物塑造成了各种新的样子。我的一生都献给了这件事，研究活体的可塑性。我已经研究了很多年，掌握了这方面的知识。我看你好像被吓坏了，但我告诉你的都不是什么新鲜事。很多年以前，在实际的解剖过程中，所有这些都已经明白地显现出来，但是，没有人敢于尝试。我能改变的不仅是某种动物的外形。它的生理结构，化学变化节奏也能够接受永久的改变。在这方面，注射以及用其他的方式接种活性或已死亡的物质，这些例子想必你很熟悉。最常见的操作就是输血——我的确是从这方面开始研究的。这些都是非常普通的例子。不怎么为人所知，但可能运用得更加广泛的是中世纪的那些医师，他们造出侏儒和专事乞讨的畸形人、供展览的怪物，至今仍能从年轻的卖艺人或柔术表演者低劣的手法中见到他们的痕迹。维克多·雨果在《笑面人》中对他们进行了描述。但是，或许现在我已经说得很清楚了。你开始明白，将一种动物的组织移植到另一种动物身上是可能的，改变它的化学反应和生长方式是可能的，改变它的四肢的关节是可能的，而且，改变它最基本的结构是可能的，确实如此。

“而且，现代研究者从未将这一杰出的知识领域作为终极目标进行系统的探索，只有我做到了！在万不得已进行手术时，已经有过类似的操作，将在你的大脑中重现的大部分直接证据其实已经在不经意间被展示过了。暴君、罪犯、马和狗的育种人、所有未经训练的笨手笨脚的人，他们只是要达到当时的目的，他们都是始作俑者。我是第一个将这一问题同有消毒措施的手术结合起来考虑的人，是第一个将它同有关生长规律的真正的科学知识结合起来考虑的人。但是，有人可能以为，从前它肯定是秘密进行的。那些像连体双胞胎一样的生命——在宗教裁判所的地下室里。的确，他们的主要目的是人为的折磨，但是，至少裁判者中还是有那么几个有一点点科学上的好奇心。"

"但是，"我说，"这些东西……这些动物可以讲话！"

他说，的确如此。他接着指出，活体解剖的结果可能不只是身体上的变形。猪也可以受教育。相比较于身体结构，大脑结构甚至更没有定型。在我们日益完善的催眠科学中，我们发现，借助新的暗示，通过移植或替换遗传下来的固定思想，古老的本能极有可能被超越。我们所谓的道德教育在很大程度上正是对本能进行这样一种修正和曲解；好斗的本性被驯化为勇敢的自我牺牲，性欲被压制成为宗教情感。人和猴子的巨大差异在于喉部，在于生成具有细微差异的声音符号的能力，通过这些声音符号，思想得以持续。在这一点上，我不同意他的观点，但是，他粗鲁地略过了我的反对意见。他反复说，事情就是这样，然后便接着说他的研究。

我问他为什么选择人形作为样板。我当时觉得，现在仍然这样认为，这样的选择里似乎有某种邪恶的东西。

他承认，他那样选择只是出于偶然。"我可以将羊变形为美洲驼，也可以将美洲驼变形为羊。我觉得，较之其他动物的形状，人的形状更具有一种强大的吸引力，来进行艺术的转换。但是，我一直没有将自己局限于造人。有几次……”他停顿了大约一分钟，“这么多年！不知不觉就过去了！我浪费了一天来救你的命，现在，又浪费了一个小时亲自给你解释！”

“但是，”我说，“我还是不明白。你有什么理由来施加这些痛苦？活体解剖的唯一理由在我看来可能就是运用……”

“没错，”他说，“但是，你看，我的看法就不一样。我们站在不同的平台上。你是一个物质主义者。”

“我不是一个物质主义者。”我的语气激烈起来。

“我的观点是……我的观点是：恰恰是关于痛苦的问题将我们区分开来。只要你看得见或听得见的痛苦让你觉得厌恶，只要你自己的痛苦让你难受，只要痛苦能决定你关于罪恶的主张，只要，我告诉你，你是一个动物，稍微想一下一个动物的感受。这种痛苦……”

对于这种诡辩，我不耐烦地耸了耸肩膀。

“哦，但这不过是小事一桩！一个真正接受科学教诲的大脑必须把这看成是小事一桩。或许只有在这个小小的星球上——它只是宇宙中的一粒尘埃，连最近的恒星都看不到这粒尘埃——才有痛苦，或许，我想，在其他任何地方，从来就没有什么所谓的痛苦。我们只会觉得我们的方式倾向于一些法律，那么，就在这个地球上，就在有生命的事物当中，痛苦是什么？”

说着，他从口袋里拿出一把削铅笔的小刀，亮出更小的刀刃部分，挪了挪他的椅子，于是，我看到了他的大腿。他仔细地选择了一个部位，将刀捅进了他的腿里，然后又拔了出来。

“毫无疑问，”他说，“你以前也见过。针刺一下并不痛。但这说明什么？肌肉并不需要感受疼痛的能力，它也没有这一能力，只是皮肤有一点点感觉，而且只有大腿的这里或那里能感觉到疼。疼痛只是我们出于本能吓唬或刺激我们的医疗暗示。不是所有的活的肉体都有痛感；所有的神经也并非一定有痛感。在视神经的各种感觉中，根本没有疼痛这一感觉，不会感到真正意义上的疼痛。如果你伤到了视神经，你只可能是眼冒金星，就像听觉神经方面的疾病只可能让我们出现耳鸣。植物没有痛感，低级动物也没有；海星和小龙虾之类的动物很有可能根本感觉不到疼痛。那么，对人来说，他们的智力越发达，他们就会有更专业的方式来关注自己的健康，他们就越发不需要依靠刺激来使他们脱离危险。我从未听说过哪一件无用的东西不是从现有之物中进化而来。你听说过吗？疼痛感就是个没用的东西。

“而且，我是一个有宗教信仰的人，普伦迪克，和任何一个心智健全的人一样。我想，对于这个世界的造物主，我也许比你见识得多，因为我已经发现了他的法律，用我的一生。而你呢？我能理解，你一直都在抓蝴蝶。我告诉你，愉悦和痛苦与天堂或地狱无关。愉悦和痛苦——呸！如果你的神学家的欣喜若狂不是因为藏在黑暗中的妖精，还能因为什么？男人和女人的这些愉悦和痛苦，普伦迪克，就是兽性附体的标志，他们由其中演化而来的野兽的标志！痛苦，痛苦和愉悦，只要我们还在尘世挣扎，就会有痛苦和愉悦。

“你看，这项研究本身引导我一直走到现在。这是我所知道的进行真正研究的唯一办法。我提出一个问题，设计一种方法来获得答案，然后又有了新的问题。这是可能的吧？你无法想象这对于一个研究者意味着什么，他身上会涌起一股知识的激流！你无法想象这些是欲望所带来的奇怪的平静的快乐！你面对的不再是一只动物，一种同类生物，而是一个难题！感同身受的痛苦——我记得，我的全部理解是把它当作我若干年前常常痛苦地忍受着的一件事。我想——它就是我想要得到的一个东西——搞清楚生命的可塑性到底有多大。”

“但是，”我说，“这是一件可耻的事……”

“直到今天，我从来没有在这件事的伦理问题上犯过难，”他继续说，“研究自然的最终结果是人变得和自然一样冷酷无情。我一直在研究，除了我不断探索的问题，我什么都不关注，而且材料已经——安置到那边的小窝棚里了。我们到这里已经十一年了，我和蒙哥马利，还有六个卡纳卡斯①。我记得当时这个岛上葱茏静谧，我们四周的海上空荡荡的，这一切仿佛就在昨天。这块地方好像就是在等着我的到来。

“货物运来了，房子盖起来了。那些卡纳卡斯在峡谷附近搭了几间小屋。我开始在这里进行我的研究，用的是我带来的器械。一开始，发生了几件不愉快的事。我的第一个实验对象是一只羊，一天之后，手术刀滑了一下，它死了。我又拿来一只羊，它在痛苦和恐惧中接受了手术，然后等着痊愈。我做完时，我感觉它已经和人很像了，可是等我再去看时，我却十分不满意。我忘不了，那个样子

---

① 19世纪南太平洋的岛民到澳大利亚昆士兰州做农场劳工，他们被称为卡纳卡斯（Kanakas）。——译者

非常可怕，简直难以想象。它的智力并不比羊强一点儿，越看越显得笨拙不堪，最后，我终于为这头怪物解脱了苦难。这些没有胆量的动物，这些只知道害怕，一点疼痛都受不了的东西，没有一星半点面对折磨的好胜心——它们不配被造成人。

“于是，我采用了我的一只猩猩。我万般小心，克服了一个又一个难题，终于用它造成了我的第一个人。整个一个星期，不分昼夜，我一直在对它进行改造。对它而言，主要是大脑需要改造，需要增加很多，改变很多。全部结束时，我想它是一个很不错的样本，它躺在我的面前，裹着绷带，四肢被捆绑着，一动不动。一直到它的生命绝对安全了，我才离开它，走进这间屋子，我看见蒙哥马利就和你现在一样。在那个东西变成兽人的过程中，他听到了惨叫声——和那些令你不安的惨叫声一样。我刚开始并不是完全信任他。还有那些卡纳卡斯，他们也意识到了什么。他们看到我时，全都吓得不知所措。我收服了蒙哥马利——想了个办法。但我和他最棘手的问题是防止那几个卡纳卡斯逃走。最终，他们还是逃跑了，我们的帆船也不见了。我花了很多天培训那个畜生，尽管和它在一起已经三四个月了。我教它英语的基本知识，教它数数，甚至让它读字母。但在读方面，它特别迟钝，虽然我见过有些白痴比它更笨。在精神上，它完全是一个新人，对于它过去的一切一点记忆都没有。它的伤疤愈合之后，它便不再有任何的疼痛感或僵硬感，而且能够进行些微的交谈，我带它到卡纳卡斯跟前，向他们介绍说它是一名偷渡客。

“最初，他们都特别害怕它，不知道为什么，这让我很恼火，因为它是我的骄傲。但它的行为看上去非常温和，而且它特别卑怯，于是，一段时间之后，他们便接受了它，而且手把手地教它。它学得很快，模仿力和适应力都特别强，它还搭了一间茅屋，比他们的烂房子好得多，在我看来是这样的。那群小伙子中有一个有些传道情结，他教这个东西读书，或者是挑几个字母教它念，并且告诉它一些简单的道德标准，但那个畜生的习惯似乎并非都那么完美。

“之后，我停下手里的工作，休息了一阵子，心里盘算着将这件事的前前后后写一个报告，以唤醒英国生理学界。就在那时，我碰到那个家伙蹲在树上和戏弄它的两个卡纳卡斯叽里呱啦地说着什么。我威胁它，告诉它这样做不像个人，想以此激起它的羞耻感。因此，我回到房中，下决心进一步完善我的研究，然后再将我的研究报告带回英国。我一直在取得进展。但不知为什么，事情又回到了原来的样子：顽固的兽性重新日渐生长。但我仍然决意将这些东西处理得更好。我一定要攻克这个难关。这头美洲狮……

“但这都是老黄历了。那些卡纳卡斯现在都死了。一个在开船时从船上跌下来；一个死于脚踝受伤，他中了一种植物汁液的毒；三个乘着帆船跑了，我想他们被淹死了，但愿是这样；另一个——被杀死了。好了，我已经有人取代了他们。蒙哥马利开始的时候也像你现在一样，后来……”

“那一个是怎么回事？”我厉声问道，“那个被杀死的卡纳卡斯？”

“事实上，在我制造了很多兽人之后，我还做了一个东西。”他有些犹豫。

“是什么？”我说。

“他被杀了。”

“我不明白，”我说，“你是说……”

“那个东西杀死了那个卡纳卡斯——是的。它还杀了一些它抓到的其他东西。我们追了它几天。那只是一个偶然的事故，它丢了——我从未想过它会跑掉。它还没有最后完成。它还只是一个实验品。它没有四肢，有一张可怕的面孔，在地上像蛇一样地扭动。它特别有劲儿，它痛苦的样子令人生气。它在树林里藏了几天，我们最后发现了它；后来，它爬到了岛的北面，我们分成几拨，想围住它。蒙哥马利坚持要和我在一组。那个卡纳卡斯有一把来复枪；当他的尸体被找到的时候，一支枪管已经被扭成了‘S’状，而且几乎被咬透了。蒙哥马利朝那个东西开枪。从那以后，我就坚持人性理想——除非对那些小东西。”

他不说话了。我一言不发地坐着，凝视着他的脸。

“就这样一共坚持了二十年——算上在英国的九年——我一直在坚持；我做的任何事情当中总有什么东西让我功败垂成，让我觉得不满意，刺激我付出更多的努力。有时，我会超水平地发挥，有时却达不到我的水平；但每一次，我都没有实现我的梦想。我现在可以塑造出人形，几乎不费什么力气，它柔软优雅，或者粗壮有力，但在手和爪子之间总是有麻烦——很痛苦的事情，我不敢随意地进行改造。但是，我真正的麻烦是对大脑进行精微的移植和再造，这个是必须要做的。它们的智力常常低得出奇，总是出现无法解释的空白端，料想不到的缺口。最令人不满的是有些东西我总是触摸不到，它就在某个地方——我不能确定是在哪里——是某种情绪。愿望、本能、对人性有伤害的欲望，它就像一个奇怪的容器藏匿在某个地方，它可能使愤怒、仇恨或恐惧突然喷发，将造出来的生命整个淹没。我造出来的这些生命，你只要开始观察它们，就会觉得古里古怪，不可捉摸，但对我而言，它们看上去就是人，这一点无可争议。但是，之后，我也观察到了，我就不那么坚信了——先是一种动物特征，然后是另一种慢慢地浮现出来，让我感到窘迫。但我终将获得成功！每一次，我把一个活的生命浸入灼人的痛苦中，我就会说：‘这次，我要把所有的兽性都烧掉；这次，我要凭借自己的力量造出有理性的生命！’总之，十年算什么？人的出现用了千百万年。”他忧郁地思考着。“但是，我正在渐渐提高稳定性。我的这头美洲狮……”他沉默片刻，“它们又恢复了原样。只要我的手一拿开，兽性便开始再度潜回，又开始故态复萌。”又是长久的沉默。

“那么，你是把你造的那些东西安置在了那些窝棚里？”我说。

“它们自己去的。每当我感觉到它们身上的兽性时，我就把它们撵出去，现在，它们就在那里游荡。它们都害怕这幢房子和我。它们对人性有一种曲解。蒙哥马利了解一些，因为他经常干涉它们的事情。他已经将其中的一两个训练得可以为我们服务了。他对此感到羞耻，但我相信，他几乎已经喜欢上那些畜生中的几个了。那是他的事，不是我的。它们只是让我感到羞耻，让我感到自己的失败。我对它们毫无兴趣。我怀疑它们会模仿那个有传道情结的卡纳卡斯教给它们的生活方式，是对理性生活的一种嘲弄，可怜的畜生！它们有些所谓的法律。唱一些‘你的一切’之类的圣诗。它们自己搭了那些窝棚，采果子，采草籽……甚至结婚。但是，我把这一切看得清清楚楚，我能看到它们的骨子里，我知道，它们只是一群畜生，一群将死的畜生，它们也会发怒，但它们的所有欲望就是为了活下去，是使其自身获得满足。不过，它们也很古怪，很复杂，和所有有生命的东西一样。在它们身上也有一种向上的奋斗精神，有时是因为虚荣，有时是因为要发泄性欲，有时是因为好奇。这只能让我感到自己被戏弄了。我对这头美洲狮满怀希望，我在它的头部和大脑下了很大的功夫。现在，”他说，沉默良久之后，他站起身来，在他沉默的这段时间里，我们各怀心事，“你如何看？你还害怕我吗？”

我看着他，眼前这个人只是一个面色苍白、满头灰发的人，目光沉静，不仅很安详，而且他的平和和魁梧的体型简直产生了些许美感，他或许是百里挑一的那种安逸的老绅士。这时，我的身体抖了一下。我没有回答他的第二个问题，而是随手将左轮手枪递给了他。

“留着吧。”他说着，打了个哈欠。他站起来，盯着我看了片刻，脸上露出微笑。“你的这两天真是收获不小，”他说，“睡会儿吧。我很高兴，一切都讲清楚了。晚安。”他又对着我寻思了一会儿，便从里面的门出去了。

我立刻用钥匙锁上了通向外面的门。我又坐下来，坐在那里，脑子一片空白，我太累了，从情绪到精神，到体力，都疲惫不堪。我只知道他走了，除此之外，什么也想不起。黑洞洞的窗户像一只眼睛一样盯着我。最后，我鼓起劲关了灯，躺到了吊床上。我很快就睡着了。

第十五章 兽人

我早早地便醒了。从我睁开眼睛的那一刻起，摩罗的解释就浮现在我的脑海，清清楚楚，一点不含糊。我从吊床上下来，走到门跟前，确信门是锁着的。然后，我又试了试窗框，证明它非常结实地固定在那里。我满脑子想的都是这些像人一样的生命事实上只是由野兽改造而来的怪物，是对人的拙劣模仿，与其说我感到某种确凿的恐惧，倒不如说这种事情的可能性更让我迷惑不解。

一阵敲门声传来，我听到马灵含混不清的说话声。我将一把枪装进口袋（一只手按在上面），给它开了门。

“早上好，先生。”它说。端进来的除了他们每顿必吃的素餐，还有一只烹饪得不怎么样的兔子。蒙哥马利跟在它身后。他扫了一眼我胳膊的位置，不屑地笑了一下。

当天，那头美洲狮在养息；但是摩罗没有来，他跟别人不一样，喜欢独处。我和蒙哥马利聊了起来，想理清楚我对那些兽人的生存方式的看法。我急于知道这些非人的怪物何以不攻击摩罗和蒙哥马利，如何做到使它们彼此不发生撕咬。他解释说，摩罗和他自己之所以能获得相对的安全，是因为这些兽人的心智有限。尽管它们的智力有所提高，尽管它们的兽性可能重新被唤醒，摩罗移植到它们心中的某些思想还是稳定的，这些绝对可以束缚住它们的想象。它们其实处在一种催眠状态；它们被告知，有些事情是不可能的，有些事情是不能做的，这些禁忌被编织进它们的心智结构中，不可能出现不服从或争议。

不过，有些东西还是不太稳定，在这些方面，古老的本能与摩罗的个人动机有冲突。一系列被称为法律的要求（我已经听过它们的背诵）在它们心中与它们动物性中根深蒂固的反抗欲望相搏斗。我发现，它们反复诵念这些法律，但也曾经违反这些法律。蒙哥马利和摩罗始终都特别关注使它们消除嗜血的欲望，所有那些无可避免能勾起这一嗜好的暗示都让他们担心害怕。蒙哥马利告诉我，那些法律的约束力，尤其在猫科兽人中，当夜晚降临的时候，脆弱得不可思议；那个时段却是这种动物兽性最凶猛的时候。每到夜幕降临，兽性便在它们身上蠢蠢欲动，它们可能敢于尝试在白天似乎想都没有想过的事情。我了解这一点，是在我刚来的那天晚上，当时，我便被豹人跟踪过。但是，在我留在这里的早期日子里，只有在天黑以后，它们才会偷偷地违反那些法律；在白天，因为有各种各样的禁忌，它们一般比较有礼。

说到这儿，我或许可以介绍一些有关这个岛和这些兽人的常识。这个岛的形状很不规则，高出海面不多，它的总面积，我想，在七到八平方英里。它形成于火山喷发，三面是珊瑚岩；北面有几处火山喷气口，还有一眼温泉，这些就是很久以前形成这座岛的巨大力量所留下的唯一痕迹。有时还可以感觉到地震引起的轻微震动，有时，一阵阵的蒸汽会在高处形成滚滚的烟云，但仅此而已。蒙哥马利告诉我，岛上的人口超过了六十个，都是摩罗那些奇模怪样的杰作，不包括那些更小的怪物，它们生活在灌木丛中，没有人形。他一共造了将近一百二十个，但很多已经死了，其他的——例如他给我讲的那个扭曲爬行的无脚兽——结局也很惨烈。为了回答我的问题，蒙哥马利说，它们实际上是有后代的，但一般都死了。它们活着的时候，摩罗就要把它们变成人形。从它们的遗传方面看，没有证据表明它们获取了人的特征。雌兽人比雄兽人更少，尽管法律规定实行一夫一妻制，雌兽人更容易神不知鬼不觉地受到伤害。

我不可能非常详细地描述这些兽人；我没受过细节观察方面的训练，讨厌的是，我也不会素描。或许，它们最引人注意的外表特征就是它们的腿和身长不成比例；不过——这跟我们对优雅的看法有关——我的眼睛渐渐习惯了它们的样子，最后，我甚至被它们说服，相信自己的长腿很笨拙。还有一点是它们的头向前倾，脊椎不灵活，和人不一样，是弯曲的。即使那个猿人的体型也不能向内弯折，而恰恰是这一点使人的形体显得优雅。大部分兽人的肩膀都只能僵硬地端着，短短的前臂无力地垂在身体两侧。它们几乎都没有头发，非常显眼，至少到我离开那个岛之前，一直都是这样。

另一个特别明显的畸形特征是它们的脸，几乎全都是下巴突出，耳朵的形状古怪，鼻子很大，高高隆起，浑身毛茸茸的，有些身上的毛硬茬茬的，眼睛的颜色很奇怪，或者说是给它们配的颜色很奇怪。它们全都不会笑，尽管那个猿人能发出咯咯的傻笑声。除了这些共同的特征，它们的头部没什么共同之处；每一个都保留着自己原来的种类特征。人的特征在它们身上显得有些变形扭曲，却藏不住它们作为豹子、牛或者猪，或者其他动物的变形前的样子。声音也是截然不同，手永远都是奇奇怪怪，尽管有些就是人手的形状，令我吃惊不小的是，几乎所有兽人的手指都少于五个，指头一点都不灵便，触觉迟钝。

两个最可怕的兽人分别是我的豹人和一个用鬣狗与猪合成的怪兽。比它们更大的是三个拖船的公牛人。然后是银发兽人，它也是宣法者。还有马灵，还有一个用猿与羊合成的兽人，三个男猪人和三个女猪人，一个骡子犀牛人，还有几个雌兽人，我不确定它们原来是什么动物。有几个狼人，一个熊牛人，和一个圣伯纳德狗[1]人。我已经对猿人做过描述，有一个充满仇恨的老妇兽人（有一股邪恶的味道），是母狐狸和熊的合成体，我从一开始就仇恨它。据说，它对法律非常痴狂。更小的东西是带斑点的幼兽和我那个小树懒人。这已经够了，其他兽人就不一一例举了。

起初，我对这些兽人感到战战兢兢，从骨子里觉得它们还是兽；但是，不知不觉地，我有点习惯他们的说法了，更重要的是，蒙哥马利对它们的态度影响了我。他和它们在一起的时间非常多，他几乎认为它们和正常人是一样的。他在伦敦的日子对他来说似乎已经是好日子一去不复返了。过一年左右，他才去一次阿里卡，与摩罗在那里的代办做一回买卖，那个代办是当地的一个动物贩子。在那个以西班牙骗子著称的海边小村里，他很难碰到一个像样的人。那

① 圣伯纳德狗是瑞士阿尔卑斯山僧侣饲养的一种狗。——译者

些人上到船上，他告诉我，他一开始见到这些人就和我看到那些兽人一样觉得很怪异——腿长得不一般，脸孔扁平，前额突起，多疑，不安分，冷酷无情。事实上，他不喜欢人，他认为，他心里喜欢我，是因为他救了我的命。我怀疑，甚至当时，他对那些变形兽人就已经带有一种难以察觉的善意，对它们的生存方式抱有一种邪恶的同情，但他刚开始竭力想要对我掩盖这一点。

黑脸人马灵是蒙哥马利的随从，我在兽人中最先遇到的就是它，它没有和其他兽人一起住在岛的另一端，而是住在围场后面的一个小窝里。这个造出来的人几乎和那个猿人一样聪明，却温顺得多，而且是所有兽人中长得最像人的一个；蒙哥马利已经训练得它可以准备食物，而且它确实可以处理厨房里所有那些琐碎又必须得做的事务。它是摩罗那可怕的技术在费了一番周折之后产生出来的杰作——它是一头熊，具有狗和牛的特征，它也是他所有作品中做得最精细的一个。它对蒙哥马利有一种奇怪的亲切感，也特别忠实于他。有时，他可能注意到了这一点，拍拍它，用各种半是讥讽，半是诙谐的名字称呼它，它于是开心得欢跳雀跃；有时，他对它很粗暴，尤其是在他喝过酒之后，他踢它，打它，用石头砸它，或用点着的火柴扔在它身上。但是，不管他如何对它，它最喜欢的事就是待在他旁边。

我说过我已经习惯这些兽人了，一件又一件原先好像反常恶心的事在我看来很快变得自然正常了。我想，所有存在的事物都会染上我们周围环境的色彩。蒙哥马利和摩罗太不同寻常，他们无法让我对人性有一个明确的印象。我看到一个笨拙的牛人收工后，步履沉重地从灌木丛中走过，我自己便生出疑问，费力地想要记起，它和那些忙完自己的活计，拖着沉重的步子回家的真正的庄稼人有什么区别；或者我可能遇到狐狸和熊合成的女狐人，贼眉鼠眼，在精于算计方面，和人不可思议地相像，我甚至想，我从前在城市的某条街道上见过它。

但是，我心里时不时会确定无疑地闪出兽的影子。表面上看，一个相貌丑陋的人，一个弓腰驼背的野蛮人蹲在一间小窝棚的入口处，伸着胳膊打哈欠，突然露出吓人的剪刀刃一般的牙齿和尖刀一样的犬牙，锐利如刀，寒光闪闪。或者，在某个狭窄的过道上，壮起胆子迅速瞥一眼某个柔软的、用白布裹起来的女兽人的眼睛，我会突然发现（会瞬间感到厌恶），它的瞳孔像是切开的，朝下看，我注意到它用弯曲的指甲扯着身上那没有任何形状的裹布。顺便说一句，有件事情很蹊跷，我无法解释清楚，这些怪异的生命——我是说这些雌性兽人——在我留在岛上的早期日子里它们本能地意识到自己蠢笨得令人厌恶，随之便表现得比人类更在乎外表和服饰。

第十六章　兽人舐血

我不是一个经验丰富的作家，所以我会从我的故事线索中游离出来。

我和蒙哥马利一起吃过早饭，他带我到岛的另一头看火山喷气口和温泉的源头，前一天，我曾慌慌张张地踏进它滚烫的水中。我们两人都拿着鞭子和装了子弹的手枪。路上，我们要穿过一片茂密的丛林，在林子里，我们听到一声兔子的尖叫声。我们驻足倾听，但再也没有听到第二声；我们继续赶路，并没有将这件事放在心上。蒙哥马利要我注意几只粉色的小动物，它们的后腿很长，在灌木丛中跃过。他告诉我，它们是用兽人的后代造出来的，是摩罗的发明。他认为它们可以提供肉食，但是，它们像兔子一样有吞掉自己幼崽的习惯，所以，他的那个念头便打消了。我已经见过几只这样的小生命——一次是在被豹人追赶的月夜，一次是我头天晚上被摩罗追赶的途中。出人意料的是，有个东西一跳，倒使我们没有跌进树坑当中，那棵树被风连根拔起了；它没有来得及跑脱，被我们抓住了。它像只猫一样发出呼噜呼噜的声音，后腿使劲儿地挠来蹬去，还想要咬人；但它的牙齿太细嫩，根本就咬不疼。在我看来，它只是个可怜的小生命；正如蒙哥马利所说，它连块草皮都啃不坏，它还很爱干净，我以为，它或许能替代绅士花园中那些平常的兔子。

我们在路上还看到一棵树被啃噬出一条长长的口子，而且缝子很深。蒙哥马利叫我注意看。“不能用手撕抓树皮，这是法律。”他说，“它们很多都很遵守这一条！”我想，是在这之后，我们遇到了半兽人和猿人。半兽人是摩罗受到古典神话的启发而完成的作品，[①]它的面孔在表情上接近绵羊，更像丑陋的希伯来绵羊，它的声音是一种刺耳的咩咩叫，它的下体怪诞不堪。它从我们身边经过时好像正在啃豆子之类的果实的皮。它们都向蒙哥马利行礼。

“欢迎，”它们说，“另一个拿鞭子的人！”

“现在有了第三个拿鞭子的人，”蒙哥马利说，“所以，你们最好当心点！”

“他不是制造出来的吗？”猿人说，“他说……他说他是被制造出来的。”

半兽人好奇地看着我。“第三个拿鞭子的，他哭着往海里走，他的脸又瘦又白。”

“他的鞭子又细又长。”蒙哥马利说。

“昨天，他流血了，还哭了，”半兽人说，“你从来没流过血，也没哭过。主人不会流血，也不会哭。”

“下贱的讨饭鬼！”蒙哥马利说，“如果你不小心，你就会流血，你就会哭！”

---

① 半兽人的原文为Satyr，是希腊罗马神话中半人半兽的森林之神。——译者

“他有五个手指，他是一个和我一样的五指人。”猿人说。

“过来，普伦迪克。”蒙哥马利说，拉着我的胳膊，我和他继续往前走。

半兽人和猿人站在原地看着我们，还在说着别的话。

“他什么都没说，”半兽人说，“人是有声音的。”

“昨天，他问我要吃的东西，”猿人说，“他不认识。”

它们还说了些什么，我听不见了，但我听到半兽人的笑声。

在回来的路上，我们看到了那只死兔子。这个可怜的小东西被撕成了碎片，血糊糊的，好几根肋骨被剥食得血肉全无，脊椎骨显然也被啃咬过。

看到这一幕，蒙哥马利停下脚步。“上帝啊！”他说，一边弯下腰，捡起几片被击碎的脊椎骨仔细地查看。“上帝啊！”他发出同样的惊叹，“这是怎么回事？”

“你们的哪个食肉动物老毛病又犯了，”停了一会儿，我说，“这个脊椎骨被咬透了。”

他站在那里发呆，脸色惨白，嘴唇撇着。“我不喜欢这样。”他缓慢地说。

“我见过同样的事，”我说，“我到这儿的第一天。”

“你见过！你见到的是什么？”

“一只兔子，头被扭掉了。”

“你到这儿的那天？”

“我到这儿的那天。在围场后面的灌木丛里，我傍晚出来的时候。头整个被扭掉了。”

他低低地吹了一声长长的口哨。

“而且，我当时想是你们那些动物中的某一个干的。你知道，那只是一种怀疑。在我看见兔子之前，我还看到你们的一个怪物在溪流中饮水。”

“是用舌头舔水喝？”

“是的。”

“不能用舌头舔水喝，这是法律。兽人们非常遵守，嗯？而摩罗的兽人是个例外！”

“它就是追我的那个兽人。”

“当然，”蒙哥马利说，“这正是食肉动物的方式。在猎杀之后，它们会饮水。你知道，这就是嗜血。——那个兽人长什么样？”他继续说，“你能认出他吗？”他朝四处张望了一下，站在死兔子那堆狼藉上，他的眼睛在周围树林的阴影中，在树林中能够藏匿的隐秘处逡巡。“舐血。”他嘴里重复着这两个字。

他拿出左轮手枪，检查了里面的子弹，把枪放了回去。然后，他开始揪他那耷拉着的嘴唇。

“我想我应该能认出那个兽人，”我说，“我惊着它了。它的前额上应该肿了很大一块。”

“但是，我们得证明是它杀了那只兔子，”蒙哥马利说。“我真希望从来没把那些兔子带到这里来。”

我本应该继续走，但他站在那里费劲地琢磨着那只血肉模糊的兔子。于是，我走到稍远看不到兔子残骸的地方。

“走吧！”我说。

他这时才清醒过来朝我走来。“你知道，”他几乎是在耳语，“它们全都有一个固定的想法，就是不吃任何在陆地上跑的东西。如果某个兽人不小心沾了血，它会悄悄地躲到一旁。”“我不知道发生了什么。”他自言自语。过了一会儿，他又说道：“有一天，我做了件傻事。我的那名仆人——我让它看如何给兔子剥皮，然后烹调。真奇怪——我看到它在舔手——我从未想到。”然后说：“我们必须制止这种事。我必须告诉摩罗。”

我们继续往回走，路上，他只想着这一件事。

摩罗比蒙哥马利更重视这件事，不用说，他们显然对这件事惊慌失措，他们的情绪影响了我。

“我们必须树立一个榜样，”摩罗说。“我确信，豹人就是那个罪犯。但我们怎样才能证明这一点呢？蒙哥马利，我希望你能够控制你对肉食的嗜好，不要再别出心裁了。通过这件事，可以证明，我们遇到麻烦了。”

“我还是那么笨，”蒙哥马利说，“但事情已经这样了；你也说过，我可以养它们，你是知道的。”

“我们必须马上处理这件事，”摩罗说，“我想，如果有什么事，马灵可以照顾自己吗？”

“对马灵，我不敢肯定，”蒙哥马利说。“我想我应该是了解它的。”

下午，摩罗，蒙哥马利，我本人，还有马灵穿过该岛去峡谷中的那些小屋。我们三人都带了武器；马灵带了它常用来劈柴的短斧，还有几卷绳子。摩罗的肩上还挂了一个牛倌用的很大的牛角号。

“你很快会看见兽人集合了，”蒙哥马利说，“很好看的。”

摩罗一路上一言不发，但他布满皱纹的脸上表情凝重阴郁。

我们穿过峡谷，沿着烟雾缭绕的温泉小溪，顺着弯弯曲曲的小路，通过藤萝密布的丛林，来到一个宽敞的地方，这里到处是一层厚厚的黄色粉末，我认为那是硫黄。在一片长满杂草的山脊上，隐约可见大海的波光。我们来到的这个地方就像是一个天然的露天圆形剧场，不是很深，我们四个就在这里停了下来。摩罗吹响号角，打破了炎热午后昏昏欲睡的宁静。他的肺活量肯定很大。号角的回音越来越嘹亮，最后，简直快要把耳膜穿透了。

“啊！”摩罗出了一口气，将这个半弯的号角重新挂回到他身体的侧面。

转眼之间，泛着黄色的藤萝丛中便传出踩踏的声音，从茂密的绿色丛林里传出了人声，我在头一天才从那片林子里跑过，那里面像迷宫一般。随后，在这片到处是硫黄的地方的三面或四面出现了兽人奇形怪状的身形，它们急匆匆朝我们跑来。当我看到它们一个个从树林或芦苇丛中跑出来，笨重的步伐扬起热烘烘的尘土，我不由自主地感到一种恐惧。但是，摩罗和蒙哥马利站在地上，神情镇静；我不得已，只好站在他们旁边。

第一个到的是半兽人，它的身影压过来，蹄子下尘土飞扬，使得这一切显得很不真实，不真实得不可思议。在它的后面，一群怪物从灌木丛中现出身来，一个马和犀牛的合成人过来了，嘴里嚼着一根草；然后是女猪人和两个女狼人；接着是狐狸和熊混成的巫婆，尖尖的红色面孔上是一对红眼睛，然后是其他的兽人，全都行色匆忙。它们渐渐走近，开始对摩罗表现出猥琐的媚态，嘴里前言不搭后语地唱着那篇法律连祷文的后半部分——“他的手是受伤之手，他的手是治愈之手”，等等。他们聚集到大约三十码的范围之内时，他们停下脚步，行屈膝礼，他们的胳膊肘开始在头顶舞起白色的尘土。

你可以想象当时的情景！我们三个穿蓝衣的人，带着我们那个畸形的黑脸随从，站在这个广阔的地方。太阳在晴朗的蓝天下将黄色的尘土晒得冒烟，周围是一圈蜷缩在地上比比画画的怪物——有些简直和人一模一样，仅仅是表情和姿势有细微的差别，有些像残疾人，有些惨不忍睹，简直就是四不像。我们只有在最荒诞的梦里才可能见到这样的动物，而且一面是一丛丛的藤萝，另一面是茂密的缠绕在一起的棕榈树，那些小屋将我们同峡谷隔开，北面是隐约可见的太平洋海面。

“六十二，六十三，”摩罗在点人数，“还有四个。”

“我没看见豹人。”我说。

摩罗又吹响了那个大牛角号，听到号声，那些兽人痛苦地扭动着身躯，匍匐在尘土中。这时，豹人从藤萝丛中偷偷钻出来，躬身靠近这里，试图加入摩罗身后尘土飞扬的兽人群中。最后一个到的兽人是那个小猿人。早到的兽人，匍匐在地上，又热又累，恶狠狠地瞪着它。

“停！”摩罗用他那不容置疑的洪亮声音喝道。兽人们跪坐在大腿上，停止了它们的膜拜。

“宣法者在哪里？”摩罗问道。那个灰毛怪物在尘土中低下了头。

“把那些条文背出来！”摩罗说道。

所有跪着的兽人立刻左右摇摆起来，用手拍击地上的硫黄，先是右手，一股尘土扬起来，然后是左手，同时又开始唱诵它们那奇怪的连祷文。当它们唱到“不要吃肉或家禽，这是法律”时，摩罗举起他瘦长苍白的手。

“停！”他吼了一声，全场鸦雀无声。

我想它们都知道将要发生什么，而且对此感到恐惧。我环顾四周，看着它们怪模怪样的脸。我看到它们的神情躲躲闪闪，它们亮亮的眼睛里充满隐约的恐惧，我怀疑我曾经相信它们真的是人。

“这条法律被打破了！”摩罗说。

“没人能逃脱。”声音来自那个灰头发的无脸怪。“没人能逃脱。”跪着的一圈兽人重复着。

“它是谁？”摩罗吼道，一边注视着周围的面孔，啪地甩了一下鞭子。我感觉好像那个鬣狗与猪的合成人看上去有些沮丧，豹人也是同样的表情。摩罗不再说话，盯着这个家伙，它正对他露出谄媚的表情，想起无休止的折磨，它害怕了。

“它是谁？”摩罗又问了一遍，声音如同炸雷。

“谁违反了法律，谁就是邪恶的。”宣法者诵道。

摩罗直视着豹人的双眼，似乎要把它的灵魂揪出来。

“谁违反了法律？”摩罗说，眼光从他的倒霉蛋身上移开，转向我们（我觉得他的声音中有一丝狂喜）。

“重回痛苦之家，”它们齐声喊道，“重回痛苦之家，噢，主人！”

“重回痛苦之家，重回痛苦之家。”猿人唠叨着，好像它觉得这个主意很甜蜜。

“你听到了吗？”摩罗问道，转回头看那个违法者，“我的朋友——怎么样！”

摩罗的目光反倒让豹人解脱了，它挺直身子站了起来，眼里闪着火，翘起的嘴唇下露出猫科动物亮闪闪的巨齿，朝着这个虐待它的人扑来。我相信，只有无法忍受的恐惧所产生的疯狂才会激起这样的攻击。周围的六十多个兽人似乎都从我们的身边站了起来。我拔出手枪。两个身体冲撞在了一起。我看到摩罗不敌豹人的袭击，连连后退。我们的四周响起愤怒的咆哮。每一个兽人都在快速移动。有一阵儿工夫，我想这就是一般所说的暴乱。豹人愤怒的面孔从我面前闪过，马灵紧随其后。我看到鬣狗猪人的黄眼睛激动得放光，它的态度好像是已经下决心要攻击我了。猿羊人的目光从鬣狗猪人耸起的肩膀上投过来，逼视着我。我听到摩罗开枪了，一道粉色的光射进骚动的兽人群。全体兽人似乎都转向火光的方向，我也身不由己地被推向那个方向。瞬间的工夫，我已经在跑了，我成了乱哄哄的兽人群中的一个，一起在追逃跑的豹人。

我能清楚讲述的就是这些。我看见豹人攻击摩罗，等我奋力向前跑时，我周围的一切都转了起来。马灵一马当先，对逃跑者紧追不放。后面的女狼人伸着舌头，大步追赶。鬣狗猪人紧随其后，发出兴奋的尖叫声，两个牛人裹着它们的白布。然后，摩罗领着几个兽人赶到了，他头上的宽边草帽吹掉了，手里拎着左轮手枪，稀疏的白发低垂着。鬣狗猪人跑在我的边上，和我的步伐保持一致，一双兽眼不时朝我偷窥，其他的兽人跟在我们后面，脚步杂沓，不停地喊叫着。

豹人横冲直撞地在藤萝丛中奔跑，它跑过去后，藤条弹回来，打在马灵的脸上。等我们跑到灌木丛边上时，发现有一条踩踏出的小路。灌木丛中有一条沟，大约四分之一英里长，我们随后便扎进了一个茂密的树丛，我们的行动因此受到极大的阻碍，尽管我们是一起穿过这个树丛，宽大的树叶弹到我们的脸上，绳子一样的藤蔓兜住了我们的下巴，或缠住我们的脚踝，长着棘刺的植物勾住衣服，连衣服带肉全刮破了。

“它是四肢并用穿过这块地方的。”摩罗喘着气说，他现在就在我的前面。

“没人逃得掉。”狼熊人说，由于参加追捕，他兴奋不已，对着我的脸大笑。我们又开始在岩石间狂追，我们看见猎物在前面四肢着地轻快地飞奔，不时回过头来对着我们咆哮一声。几个狼人被这一景象刺激得发出兴奋的吼叫。那个东西依然穿着衣服，从远处看，它的脸还是人的样子；但四肢已经恢复了猫科动物的姿态，它的肩膀悄然垂了下来，完全是一头被追捕的动物的特征。它跃过几株布满荆棘开着黄色花朵的灌木，藏了起来。马灵离它只有一半的距离了。

我们大多已不能保持刚开始追击时的速度，开始加大步幅，但速度基本是稳定的。我看见，当我们越过那片开阔地后，追击的队伍由一队变成了一行。鬣狗猪人仍然离我很近，一边跑一边看我，还不时抽抽鼻子，发出像是撕咬般的笑声。在岩石的边缘地带，豹人意识到它正在靠近那块突出的海岬，我来的那天晚上，它在那里偷偷跟踪过我，它在灌木丛中往回折；但是，蒙哥马利看穿了这个诡计，又迫使它转了回去。我气喘吁吁，在岩石间跌跌撞撞，被荆棘从刮得狼狈不堪，蕨草和芦苇又搞得我举步维艰，我就这样帮着他们追击那个违反了法律的豹人，鬣狗猪人跑在我的旁边，恶狠狠地笑着。我脚步踉跄，头晕目眩，心脏贴着肋骨在跳，简直快要累死了，却不敢掉队，否则，我可能就得独自面对那个可怕的家伙。所以，尽管疲惫不堪，在这个炎热午后密不透风的热浪中，我还是步履蹒跚地坚持着。

终于，围猎的紧张气氛松弛下来。我们将那个可怜的畜生逼到了岛上的一个角落里。摩罗手里提着鞭子，指挥我们全体形成一条不规则的线，我们现在缓慢地向前推进，彼此呼应着收紧对猎物的包围圈。它隐匿在灌木丛中，悄无声息，无影无形，在那次午夜追踪中，我就是在这里逃开了它的跟踪。

“稳住！”摩罗喊道，“稳住！”我们悄悄地将那片纷乱的灌木丛围了起来，将那个畜生困在了当中。

“不要莽撞！”从灌木丛的另一头传来蒙哥马利的声音。

我正处在灌木丛上方的斜坡上，蒙哥马利和摩罗沿着下面的海滩在搜索。我们缓慢地在树枝和树叶交织而成的网络中烦乱地推进。猎物依然保持着静默状态。

“重回痛苦之家，痛苦之家，痛苦之家！”这是猿人刺耳的声音，在右边二十码开外的地方。

听到这个声音，我突然之间原谅了那个可怜的倒霉蛋曾经在我心里激起的恐惧。我听见树枝折断的声音，马牛人在我的右前方，它沉重的脚步所到之处，枝条都刷刷地倒向两旁。这时，在茂密的草木下的暗影里，我突然看见我们正在追捕的兽人从一个绿色的场子里穿过。我停下脚步。它整个身体蜷缩在一个不能再小的空间里，它的绿眼睛荧光闪闪，从侧过的肩膀上看着我。

莫名其妙地，我心里充满矛盾，我解释不了这种矛盾的心情。现在，看着这个家伙完全是一副动物的样态，眼里闪着荧荧的光，没有完全整成人脸的面孔因为恐惧而扭曲了，我再一次意识到一个事实，即它具有人性。用不了多久，其他的追捕者就会看见它，它将被制服，捕获，再一次经受围场里那可怕的折磨。我骤然掏出手枪，没有惊动其他追捕者，对准它满是恐惧的双眼之间，扣动了扳机。我这么做的时候，鬣狗猪人也看见了那个东西，发出一声急促的叫喊，便整个扑了上去，迫不及待地用牙齿咬进了它的脖子。所有的兽人都朝这里冲过来，周围一团团的绿色草木都向两边分开，发出噼里啪啦的声响。

“别杀了它，普伦迪克！”摩罗喊道。“别杀了它！”我看见他弯着腰从巨大的蕨类植物的树叶下冲过来。

转眼工夫，他已经用鞭子的手柄将鬣狗猪人打跑了，他和蒙哥马利不许跃跃欲试的食肉兽人靠近那具仍在颤动的尸体，特别是马灵。灰毛怪在我的胳膊下面不停地嗅着尸体的味道。其他兽人都被各自的动物本性弄得心痒难耐，使劲儿推搡我，好能离得更近。

“普伦迪克，你个混蛋！”摩罗说，“我需要它。”

“我很抱歉，”我说，尽管我并不觉得抱歉，“只是一时的冲动。”我又累又兴奋，觉得有点恶心，于是转身从乱哄哄的兽人中挤了出去，独自沿着山坡向海岬高处走去。从下面传来摩罗的高声叫喊，我听到三个裹着白布的牛人已经开始将死者朝水边拖去。

现在，我一个人没什么担心的了。兽人对尸体表现出一种非常近乎人的好奇，当牛人将尸体拖向海边时，它们蜂拥着跟在后面，一边嗅，一边狂吠。我走到那附近的海岬，看那些牛人，它们将那具沉重的尸体搬到海里，黄昏的天空下昏昏暗暗的，我的心里涌起一阵波澜，我意识到岛上的一切都根本没有任何目的。在我脚下的岩石和海滩之间是猿人、鬣狗猪人，还有其他几个兽人，它们站在蒙哥马利和摩罗的边上。它们依然压制不住强烈的激动，一个个吵吵嚷嚷地表白着它们对法律的忠诚；但是，我自己心里明白无误地知道，鬣狗猪人和兔子被杀绝对脱不了干系。我奇怪地相信了，除了线条比较粗糙，体型有些怪异之外，我眼前这个微型“人类”社会非常和谐，本能、理性以及最简单的命运交互发生着影响。豹人意外地出局了，就是这么回事，可怜的畜生！

这些可怜的畜生！我开始明白摩罗的残忍中更卑鄙的一面。我以前没有想到这些可怜的牺牲品在摩罗的手中所经历的痛苦和磨难。我唯一一次颤抖是在围场中真切地看到那种折磨的时候。但是现在，那一幕似乎已经算不了什么了。之前，它们是野兽，它们的本能恰好使它们适应自己的环境，它们因此享有所有生命可能享有的快乐。现在，它们落在人性的枷锁里，在一种永远不会消失的恐惧中生活，被它们不可能明白的法律所困扰；它们滑稽的类人生活在痛苦中开始，本身就是一场漫长的内心挣扎，是对摩罗长久的惧怕——但是凭什么？正是这一过程中随心所欲的淫威搅得我心绪不宁。

如果摩罗有什么明确的目标，我至少还可能对他有某种同情。我并非对疼痛大惊小怪。我甚至可能宽恕他，如果他的动机仅仅是出于仇恨。但他简直没有任何责任心，完全是一副无所谓的态度！他的好奇，他的疯狂，他毫无目的的探索，就是这些在驱使着他；那些东西被丢出去，活上一年半载，苟延残喘，稀里糊涂，饱受磨难，最后痛苦地死去。它们本身就很可怜；古老的动物仇恨促使它们相互找碴儿；那些法律使它们避免了短暂的激烈争斗和天然的仇恨所带来的必然结局。

在那些日子里，我对兽人的恐惧和我个人对摩罗的恐惧一样与日俱增。我处在一种病态的情绪中，深刻而持久，久久难以挣脱，不同于普通的恐惧，这在我心里留下了永久的伤疤。我必须承认，当我看到理智在这个岛上所经受的痛苦迷乱，我不再相信世界还有理智。盲目的命运，残酷的机制，似乎在砍削塑造着生命存在的结构，而我、醉心于研究的摩罗、沉溺于饮酒的蒙哥马利、同时受本能和精神限制制约的兽人，都在它永不停息的、难以捉摸的车轮中被无情地不可避免地撕碎压扁。但是，这一状况不是一时发生的……在我现在讲到它的时候，我确实有某种预感。

第十七章　灾难

大约有六周的时间，除了对摩罗这项极端可耻的实验感到厌恶和憎恨，我其他什么感觉都没有。我打算离开这些按照造物主的形象仿制出来的可怖怪物，回到人类甜蜜正常的交往中去。因为怀恋，我那些此刻不在身边的同伴在我的记忆中开始拥有高尚的品格和美妙的容颜。我同蒙哥马利起先建立起来的友谊没有得到发展。他长时间远离人类，他偷着酗酒的恶习，他对兽人显而易见的同情，这些在我看来都是他的污点。有几次，我让他自己到它们当中去。我想尽办法避免和它们接触。我把越来越多的时间花在海滩上，我在寻找能解救我回去的船只，但它们从未出现。直到有一天，一场骇人的灾难降临到我们头上，它让我的糟糕处境现出另外一面。

那大约是在我来到这个岛上的第七周或第八周——我想，或者更久，我尽量想办法计算时间——就在这时，这场灾难爆发了。灾难发生在清晨——我想应该是六点钟吧。我起得很早，早早地吃完了早饭，我是被三个兽人抬木头到围场的嘈杂声弄醒的。

吃过早饭，我来到围场的大门口，站在那里抽雪茄，享受着早晨的清新空气。摩罗从围场的拐角走过来，跟我打了个招呼。他从我身边走过，我听见他在我身后开锁的声音，然后进了他的实验室。那时，我对这个地方的种种怪异之处已经麻木了，所以，听到可怜的美洲狮又开始忍受一天的折磨，我无动于衷。看到折磨它的这个人，它发出了一声尖叫，像极了发怒的悍妇发出的叫声。

就在这时，突然发生了一件事——直到今天，我都不知道究竟发生了什么事。我听到身后传来一声短促凄厉的嚎叫，什么东西掉了下来，我转头看见一张恐怖的面孔撞到我的眼前——不是人，不是动物，那就是魔鬼，它是棕色的，东一块西一块，到处是刚愈合的伤疤，脸上开始渗出一滴滴的血，没有眼睑的眼睛通红。我伸出胳膊，想要挡开它的迎面一击，就那一下，我的前臂直接断了；那个巨大的魔怪浑身裹着软麻布，而且用来绑缚的沾有红色污渍的绷带已经松开，吊在它的身上，它从我身上越过去，跑走了。我在海滩上滚来滚去，想要坐起来，但一只胳膊断了，我实在力不从心。这时，摩罗出现了，他那张苍白的大脸显得更加恐怖，因为有血从他的前额渗出来。他一只手握着手枪。他几乎只是瞥了我一眼，却立刻掉头急匆匆地去追那头美洲狮了。

我靠着另一只胳膊的支撑坐了起来。那个身上裹着麻布的东西在前方大踏步地沿着海滩奔跑，摩罗在追它。它转过头看见了他，突然折身向灌木丛跑去。它每一步都将他甩得更远。我看见它一头扎进了灌木丛，而摩罗斜着跑过去，想要截住它，他开了一枪，但没打中，因为它不见了。接着，他也消失在纷乱的绿树丛中。我注视着他们的背影，这时，我的胳膊开始火辣辣地疼，我痛苦地呻吟了一声，挣扎着站了起来。蒙哥马利出现在大门口，穿戴整齐，手里提着左轮手枪。

“上帝啊，原来是普伦迪克！”他嘴里说着，没有注意到我受伤了，“那头畜生跑了！它扯下了固定在墙上的镣铐！你看见他们了吗？”看到我抓着自己的胳膊，他大声问道，“怎么了？”

“我当时正好站在门口。”我说。

他走上前抓住我的胳膊。“袖子上有血。”他说，然后将法兰绒的袖子卷上去。他把枪放回衣服口袋里，在我的胳膊上下摸了摸，弄得我疼痛不堪，然后扶着我往里走。“你的胳膊断了，”他说，紧接着又说，“告诉我到底是怎么回事？发生了什么事？”

我把自己看到的都告诉了他，说得不太连贯，因为总是被一阵阵的疼痛打断，同时，他麻利地将我的胳膊包扎好。他把我那只受伤的胳膊吊在我的肩膀上，后退几步，看着我。

“你会好的，”他说，“不过现在怎么办呢？”

他想了一下。然后走了出去，将围场所有的门全部锁好。他离开了一段时间。

我满脑子都是我的胳膊。可怕的事情很多，这好像不过是其中之一。我坐在躺椅上，我必须承认，我从心里诅咒这个岛。等蒙哥马利再次来到我面前时，刚开始麻木的胳膊现在疼得钻心。蒙哥马利面色苍白，下牙显得比以往任何时候都向外龇得更厉害。

“我没看见他，也没听到他的消息，”他说，“我一直在想，他可能需要我的帮助。”他睁着一对空洞的眼睛望着我。“那是一头凶猛的畜生，”他说，“它直接将镣铐从墙上拔了下来。”他走到窗前，又走到门边，转身面对着我。“我要去找它。”他说，“我还有一只左轮枪，可以留给你。说实话，不知为什么，我感到很不安。”

他把枪拿来，放在桌子上我的手随时可以够到的地方；随后，他走了出去，空气中弥漫着一种骚动不安的感觉。他离开后，我坐了一会儿，便拿着枪走到门口。

早晨依然死一般寂静。甚至连一点风声都听不到；大海仿佛被抛光的玻璃，亮得耀眼，天空空荡荡的，海滩上荒凉冷清。我半是激动，半是焦灼，这种万物沉寂无声的状态对我产生了巨大的压迫感。我试着吹起口哨，但吹出的曲调随即便消失了。我又开始诅咒——今天早上已经是第二次了。我走到围场的拐角处，朝岛上吞没了摩罗和蒙哥马利的那丛苍翠的灌木张望。他们什么时候回来，怎么回来？这时，在远处的海滩上，出现了一个灰色的小兽人，它朝着水边跑去，它的周围开始溅起水花。我缓步回到门口，又走到拐角，就好像一个执勤的哨兵一样来来回回地走着。有一次，我听到了蒙哥马利从远处传来的吆喝声：“哎——摩罗！”我的胳膊不太疼了，但热辣辣的。我开始发烧，觉得特别渴。我的影子越来越短。我看着远处的人影，直到它再次消失。摩罗和蒙哥马利会不会回不来了？三只海鸟为了搁在海边的什么宝贝争斗起来。

这时，我听到从围场后面很远的地方传来一声枪响。一阵长长的宁静之后，又是一声枪响。然后从更近的地方传来叫嚷声，又是一阵压抑的寂静。种种不祥的猜测开始折磨我的神经。突然，附近一声枪响。我走到拐角处，惊魂甫定，这时，我看到了蒙哥马利。他满脸通红，头发乱蓬蓬的，裤子的膝盖处撕破了。他面色惊恐，身后是那个垂头弯腰的兽人马灵，马灵的下巴周围有一些奇怪的污渍。

“他回来了吗？”蒙哥马利问道。

“摩罗吗？”我说，“没有。”

“我的上帝！”他气喘吁吁，几乎是在抽泣。“回去，”他说，一边扶住我的胳膊，“它们都疯了。它们都发疯了。会发生什么事？我不知道。等我喘口气，我就告诉你。白兰地呢？”

蒙哥马利从我面前一瘸一拐地走进屋里，在躺椅上坐下。马灵猛地倒在门外，开始像狗一样大口喘气。我给蒙哥马利拿了杯加水的白兰地。他坐在那里，眼睛茫然地盯着前面，呼吸渐渐平稳了。过了几分钟，他开始给我讲刚刚发生的一切。

他跟着他们留下的痕迹追了一段。因为灌木都被踩平了，所以，一开始很好走，美洲狮身上的白色绷带有的被撕扯掉了，偶尔有血迹粘在灌木的叶子上。但是，在小溪附近到处是石头的地方，就是我看见兽人饮水的地方，他失去了线索，他向西没头没脑地乱闯，喊着摩罗的名字。后来，马灵来了，还带了一把轻便的斧子。马灵对美洲狮事件一无所知；它一直在砍树，然后听到了他的喊声。他们一起继续呼喊。两个兽人弓着身子走了过来，从灌木丛的缝隙间偷偷看着他们，打着手势，样子鬼鬼祟祟的，它们的反常行为引起了蒙哥马利的警觉。他朝它们喊了一声，它们心虚地跑开了。那之后，他不再大声呼喊，在漫无目的地转悠了一会儿之后，他决定去那些窝棚看看。

他发现那条峡谷已经空无一人。

每一分钟都让他变得越发紧张，他开始转身往回走。他在路上碰到了两个猪人，就是我上岛的那天晚上跳舞的那两个；它们的嘴上粘着血迹，兴奋得难以自制。它们穿过蕨草走过来，发出哗啦哗啦的响声，一看到他，顿时停下脚步，一脸凶相。他有些慌张地甩了一下鞭子，它们立刻向他冲来。从来没有哪个兽人胆敢如此。他一枪打穿了其中一个的脑袋；马灵扑到另一个身上，两个家伙扭打在一起。马灵占了上风，用牙咬住了那个畜生的喉咙，那个家伙在马灵的手中挣扎时，蒙哥马利也给了它一枪。他费了些周折才劝诱得马灵跟他一起走。然后，他们便急匆匆地回到了我这里。路上，马灵突然冲进树丛中，将一只特别小的豹猫驱赶出来，它也粘着血迹，因为脚上有伤，所以，一瘸一拐的。这头畜生跑了一段，到了海湾，突然变得凶悍起来，蒙哥马利——我想，可能是由于冲动——开枪打死了它。

“这一切意味着什么？”我说。

他摇摇头，又开始喝酒。

第十八章　找到摩罗

看着蒙哥马利喝完了第三杯白兰地，我开始阻止他。他差不多已经醉了。我告诉他，这次，摩罗肯定遇到麻烦了，他应该提前赶过去，我们必须弄清楚那场灾难到底是什么。蒙哥马利找了一些站不住脚的理由推脱着不想去，但最后，他还是同意了。我们带了一些食物，便出发了。

可能是由于我当时心里太紧张了，但即使是现在，在那个炎热的下午，走进灼人的寂静当中，仍然会给我留下特别生动的印象。马灵走在最前面，它的肩膀高耸着，眼睛在路的两旁逡巡，那个古怪的黑脑袋快速地转来转去，充满警觉。它没拿武器，它的斧子在和猪人搏斗时掉了。它的牙齿就是它的武器。蒙哥马利脚步沉重地跟在后面，手放在口袋里，阴沉着脸；他还在为白兰地的事和我怄气。我的左臂吊在绷带里（幸亏是左臂），右手提着左轮手枪。很快，我们在岛上乱蓬蓬的草木中间发现了一条小路，通向西北方向；这时，马灵停了下来，因为高度警觉，它整个身体都僵住了。蒙哥马利差一点撞到它身上，也停了下来。我们仔细倾听，树林间有说话声和脚步声朝我们靠近。

“他死了。”一个低沉、颤抖的声音说。

“他没死，他没死。”另一个声音叽叽咕咕地说。

“我们看见了，我们看见了。”好几个声音一起说。

“喂！”蒙哥马利突然喊道，“喂，谁在那里！”

“妈的！”我说，握紧了手里的枪。

一片寂静，接着是一阵在相互交错的草木间踩踏的声音，先是这里，然后是那里，露出了六张面孔——奇怪的面孔，闪着奇怪的光。马灵的喉咙里发出一声吼叫。我认出了猿人——其实，我前面已经听出了它的声音——还有两个白布裹身的棕色兽人，我在蒙哥马利的船上见过它们。和它们一起的是两个身上有斑点的兽人以及那个灰毛怪，它的身子弯曲得吓人，它是宣法者，灰色的毛发从两颊边垂下来，灰色的眉毛很重，灰色的卷毛从倾斜的前额中间耷拉下来—— 一个块头很大，没有面部的东西，眼睛是怪异的红色，从绿树的缝隙间好奇地看着我们。

有一会儿工夫，没人讲话。然后，蒙哥马利打了个嗝：“谁——说他死了？”

猿人一脸愧疚地看着灰毛怪。“他死了，”那个怪物说，“它们看见了。”

不管怎么说，对这个小群体而言，没什么可害怕的。他们似乎又惊恐，又迷茫。

“他在哪儿？”蒙哥马利说。

“那边。”灰毛怪指给他看。

“现在还有法律吗？”猿人问道，“仍然要这样或那样吗？他真的死了吗？”

“有法律吗？”白布裹身的人重复道，“有法律吗，尽管有另一个人拿着鞭子？”

“他死了。”灰毛怪说。它们都站在那里看着我们。

“普伦迪克，”蒙哥马利说，呆滞的目光转向我，“很明显，他死了。”

它们说话时，我一直站在他身后。我开始明白它们的处境。我突然走到蒙哥马利前面，提高了声音。“法律的孩子们，”我说，“他没有死！”马灵锐利的目光看着我。“他改变了自己的形状，他改变了自己的身体，”我继续说，“你们有一段时间会看不到他。他就在——那里。”我指着上面，“他在那里依然能够看到你们。你们却看不到他，但是，他可以看见你们。对法律保持畏惧吧！”

我平静地看着它们。它们畏缩了。

“他是伟大的，他是善良的。”猿人说着，从茂密的树林间偷眼朝上看。

“还有其他事吗？”我问道。

“那个浑身流血的家伙尖叫着、哭泣着跑了——它也死了。”灰毛怪说，仍然注视着我。

“很好。”蒙哥马利咕哝了一句。

“拿着鞭子的另一个人……”灰毛怪开口道。

“怎么样？”我说。

“说过他死了。”

但是，蒙哥马利还没有糊涂到不明白我否认摩罗已死这个事实的意图。“他没死，”他语气缓慢，“根本就没有死。活得和我一样。”

“有的兽人，”我说，“已经违反了法律。它们得死。有些已经死了。现在，带我们去看他衰老的身体躺在什么地方——他抛弃了这具身体，因为他不再需要它。”

“走进过大海的先生，请往这边走。”灰毛怪说。

有这六个兽人带路，我们穿过蕨草、藤蔓、树桩纠结在一起的树丛，朝西北方向走去。这时，我们听到一声喊叫，枝叶被压得哗哗响，一个粉色的小兽人尖叫着从我们身边冲过去。几乎是在同一瞬间，一个怪物出现在我们眼前。那怪物在忙着追赶，满身血污，它一下子冲到我们中间。灰毛怪跳到一边。马灵一声嚎叫，向它扑过去，但被推倒在一旁。蒙哥马利扣动扳机，但是没打中，于是低下头，挥着胳膊，转身就跑。我跟着开了一枪，但那怪物没有倒下；我又开了一枪，这次距离非常近，打中了那张丑陋的脸。我看见脸上的五官血肉模糊——它的脸是做出来的。但它中枪后依然因为惯性从我身边扑了过去，抓住了蒙哥马利，栽倒在地，蒙哥马利被拉得趴在了那具还在做最后垂死挣扎的怪物身上。

我发现只剩下我自己和马灵，还有那只现在已死的怪物，以及倒在地上的蒙哥马利。蒙哥马利慢慢直起身子，迷迷瞪瞪地盯着身边那个被打烂的兽人。他的神志清醒了大半，爬了起来。这时，我看见那个灰毛怪从树丛里小心翼翼地钻了出来。

“看见了吧，”我说，指着那只已死的兽人，“法律不是还在起作用吗？这就是违背法律的结果。”

它偷眼看尸体。“它是玩火自焚。”它用低沉的声音说道，每次遇到这种场景，它都会这样。其他兽人围拢过来，注视了片刻。

最后，我们几乎到了这个岛的最西端。我们遇到了美洲狮被啃食得残缺不全的尸体，它肩膀上的骨头被一颗子弹击碎了，大概在二十码远的地方，我们终于找到了我们要找的人。摩罗脸朝下躺在一丛藤蔓中，一只手几乎已经同手腕脱离，一头银发浸在血泊中。他的头部已经被美洲狮的锁链打烂了，身后被折断的藤蔓沾满血污。我们没有找到他的左轮手枪。蒙哥马利将他翻过来。走走歇歇，在七个兽人的帮助下（因为他是一个体格壮大的人），我们将摩罗抬回到围场。天色已晚。我们没看见，却第二次听到动物咆哮着、啸叫着从我们几个附近过去了，有一次，那个粉色的小树懒人又出现了，而且盯着我们看，接着又不见了。不过，我们没有再受到攻击。到了围场大门口，我们的兽人伙伴离开我们走了，马灵也去休息了。我们把大门锁好，然后将摩罗血肉模糊的尸体抬到院子里，放在一堆树枝上。然后，我们走进实验室，杀死了那里所有还活着的动物。

第十九章　蒙哥马利的“海滨假日”

这一切都做完之后，我们洗了洗，吃了点东西，蒙哥马利便和我走进我住的那间小屋，第一次认真地讨论我们的处境。当时已经临近午夜。他应该说非常清醒，但脑子里一片混乱。莫名其妙的是，他摆脱不了摩罗的人格对他的影响：我觉得，他从来没想过摩罗会死。这场灾难突然打破了那些已经成为他生命的一部分的习惯，他在岛上的十年或更长的单调岁月里，一直就是这样过来的。他的话含含糊糊，回答我的问题言不由衷，东拉西扯。

“这个天下最大的蠢驴，”他说，“全都乱套了！我就没有真正活过。我不知道何时才开始自己的生活。十六年的时间由保育员和老师按照他们美好的意愿支配；五年在伦敦苦攻医学，吃的是粗粝的食物，住的是简陋的租屋，穿的是破旧的衣衫，干的是些见不得人的勾当，愚蠢到了极点——我还什么都不懂，就到了这个该死的岛上。在这里十年了！到底为了什么，普伦迪克？我们就是孩子吹出的肥皂泡吗？”

这些胡言乱语真是令人无所适从。“我们现在要考虑的事情，”

我说，“是怎样离开这个岛。”

“离开了又有什么好处？我就是一个弃儿。我去找谁？对你来说，怎么都好，普伦迪克。可怜的老摩罗！我们不能把他丢在这里，让他的骨肉被叼干啄尽。实际上……而且除此之外，那群兽人中的正派者怎么办？”

“好吧，”我说，“那件事明天就能搞定。我一直在想，我们可以用那些灌木堆一个柴堆，将他的尸体，还有其他东西火化。那些兽人会怎样？”

“我不知道。我想，那些由食肉的猛兽改造成的东西迟早把自己变成蠢驴。我们不能把它们都杀了，对吧？我想，阁下的人性就是这个意思吧？但它们会改变。它们一定会改变。”

他就这样东拉西扯地说着，终于，我忍不住发火了。

“该死！”对我的粗暴态度，他大声来了这么一句，“难道你看不出我的处境比你更糟糕吗？”他站起身来，朝白兰地酒瓶走去。“喝酒！”他转过身说道，“你这个咬文嚼字的家伙，无神论的白面圣人，喝酒！”

“我不是！”我说。我坐在那里，冷冷地看着昏黄的煤油灯下的那张脸，他把自己喝成了一个絮絮叨叨的倒霉蛋。

我记得当时无聊透了。他漫无边际地唠叨着为兽人和马灵辩解。他说，马灵是唯一真正在乎他的东西。突然，他想到了什么。

“我混蛋！”他说着，踉踉跄跄地站起来，抓住了酒瓶子。

我脑子里闪过一个念头，明白了他想要干什么。“你不能让那个畜生喝酒！”我一边说，一边迎着他站起身来。

“畜生？”他说，“你才是个畜生。它对酒的态度和一个基督徒没什么两样。让开，普伦迪克！”

“看在上帝的分上。”我说。

“躲——开！”他吼起来，而且突然拔出了手枪。

“好吧。”说着，我站到了一边，想在他把手放在门锁上时扑上去，但是，想到我那只不能动的胳膊，我没有这样做，“你已经把你自己变成了一个畜生，你到畜生那里去吧。”

他猛地把门打开，脸半对着我。他的脸一半在昏黄的油灯下，一半在惨白的月光里；他的眼窝在他又短又硬的眉毛底下，就像两块黑斑。

“你就是个一本正经、自以为是的家伙，普伦迪克，一头蠢驴！你老是害怕，老是在胡思乱想。我们现在已经走到尽头了。明天，我就会切断我的喉咙。今晚，我要放个假，在海边好好地放松一下。”他转身走进月色当中。“马灵！”他叫道，“马灵，老朋友！”

三个暗影在银色的月光中向黑暗的海滩走去，一个白布裹身，另外两个黑乎乎的东西跟在它后面。它们停下来，观看着什么。这时，我看见马灵耸着肩从房子的拐角过来了。

“喝酒！”蒙哥马利叫道，“喝酒，你们这帮畜生！喝完酒，变成人！妈的，我才是最聪明的。摩罗忘记了这一点。这是最后的点睛之笔。喝完，我告诉你！”他手里挥着酒瓶子，快步朝西去了，马灵走在他和那三个尾随的暗影之间。

我走到大门口。月色中，他们的身影渐渐看不清了，这时，马灵停了下来。我看见他给了马灵一杯不加水的白兰地，五个身影一片模糊。

“唱！”我听到蒙哥马利在高声叫，“一起唱‘讨厌的老普伦迪克’！就这样，再来一遍，‘讨厌的老普伦迪克’！”

黑乎乎的一团黑影又分散成了五个单独的身影，而且沿着泛着月光的海边慢慢地绕开我走远了。它们全都按照他的心愿嚎叫着，高声咒骂我，或者想出其他种种办法发泄白兰地在它们身上产生的新鲜刺激。这时，我听见蒙哥马利的声音在喊：“向右转！”他们呼啸着进入到黑漆漆的树林中。渐渐地，渐渐地，他们湮没在寂静当中。

夜晚的宁静安详再一次抚慰了我的心灵。月亮已过中天，渐渐向西沉去。满满一轮圆月在空旷的碧空穿行，明亮皎洁。墙的影子在我脚下投出一码宽的阴影。东边的大海灰蒙蒙一片，充满神秘；在大海和灰色的沙粒（火山玻璃岩与水晶的颗粒）之间仿佛有一个铺满钻石的海滩荧光闪烁，熠熠生辉。在我身后，煤油灯的火苗泛着暖洋洋的红光。

我把门关上，锁好，走到围场中停放摩罗的尸体和最近被他杀死的实验品——猎鹿犬与美洲驼以及其他几只可怜的野兽——的地方，他那张宽大的面孔甚至在他经历了可怕的死亡之后依然一如既往地保持着平静的神情，威严的眼睛大睁，注视着天空惨白的月亮。我在水池边坐下，目光凝视着那一团鬼气森森的银光，我的计划开始蒙上不祥的阴影。早晨，我要去弄一些给养集中到小艇上，把面前的这个柴堆点燃后，我将坐上小艇再次投入茫茫的大海。我觉得蒙哥马利已经无药可救，实际上，他已经差不多和这些兽人融为一体了，他不再适应与人交往。

我不知道自己坐在那里盘算了多久。肯定有一小时左右吧。蒙哥马利回到我的隔壁，打断了我的思考。我听见很多张嘴一起在高声叫嚷，那是兴奋的喧闹声，渐渐朝海边飘去，狂笑声、吵嚷声、激动的尖叫声似乎在水边不远的地方停止了。发生了骚乱，又平息了；我听见沉重的击打声和树木断裂的声音，但当时我没觉得有什么大不了的。一阵刺耳的诵唱声开始响起。

我的思绪又回到我的逃跑计划上。我起身拿着油灯走进一间小屋，想看看我曾在那里见过的几个小桶。在那里，我对几个饼干桶里的东西产生了兴趣，打开了其中的一个。我眼角的余光看到了什么——一个红色的人形——我立马转过身来。

我身后就是院子，在月光中明暗交错，摩罗和被他弄得残缺不全的试验品躺在那个柴火堆上，一个摞一个。他们似乎在最后的报复性搏斗中也要死死地抓住对方。他的伤口张开着，在夜晚看上去黑乎乎的，滴下来的血在沙子上形成一块块的黑斑。就在那时，我发现了，但我还是不明白，让我产生错觉的原因——一束红色的光照在对面的墙上，它在那上面游移舞动。我误解了这束光，以为它是我那盏摇曳不定的煤油灯的反光，于是我返身回到那间小屋里那一堆堆的东西中。我继续在它们当中翻找，对于一个只有一只胳膊能动的人来说，我已经够仔细了，我找到了一件又一件好用的东西，我将它们放在一边，准备明天起航的时候用。我的动作很慢，而时间过得很快。不知不觉间，曙光已经映照到我的身上。

诵唱声渐渐停息了，代之而起的是一阵喧哗；然后诵唱声又起，突然间变成了乱哄哄的吵闹。我听到有人喊："继续！继续！"这声音好像是在争吵，突然又发出一声野蛮的尖叫。这些声音一会儿这样，一会儿那样，不由得引起了我的注意。我走出小屋，来到院子中侧耳倾听。这时，传来一声枪响，像一把刀劈过这场纷扰。

我赶紧冲过我的房间，跑到那扇小门跟前。就在此时，我听到身后包装箱在地上拖拉的声音，撞得屋子地上的玻璃杯乒乓乱响。但我没有管这些。我使劲儿打开门，朝外面看。

在海滩那边的船坞旁边燃起一堆篝火，火星飞溅，融入清晨的迷蒙之中。一群黑乎乎的影子围着篝火扭成一团。我听见蒙哥马利喊我的名字。我立刻提着枪朝篝火跑去。我看见蒙哥马利的枪喷出粉红色的火舌，子弹打在地上留下的硝烟还没有散去。他躺在那里。我拼尽所有的力气大喊一声，同时朝空中开了枪。我听到谁在喊："主人来了！"扭打在一起的黑乎乎的东西立刻散开了，火势减弱了。这些兽人在我面前突然惊恐万状地沿着海边逃走了。我兴奋不已，对着它们逃跑的背影不停地射击，直到它们消失在灌木丛中。这时，我转身看地上那堆黑糊糊的东西。

蒙哥马利仰面躺着，灰毛怪趴在他身上。这个畜生已经死了，但它弯曲的爪子依然死死地扼住蒙哥马利的喉咙。马灵脸朝下躺在那里，非常平静，它的脖子被打烂了，手里还握着已经碎掉的白兰地酒瓶的上半截。还有两个躺在火堆边——一个已经不动了，另一个不时呻吟几声，它的头抬起来，又垂了下去。

我抓住灰毛人，将它从蒙哥马利的身上拖下来；我把它往下拖的时候，它的爪子还不情愿地抓着撕烂的外套不放。蒙哥马利面色发暗，几乎没有呼吸了。我用海水泼在他脸上，把衣服卷起来，让他的头枕在上面。马灵死了。火边那个受伤的兽人——它原来是一只狼，脸上是灰色的毛——躺着，我发现，它将身体的前部贴在仍然有些余火的木头上。这个可怜的东西受了致命的伤，出于怜悯，我开枪将它的头打爆了。另外一个兽人是白布裹身的牛人之一。它也死了。其他兽人已经从海边跑得无影无踪。

我又回到蒙哥马利身边，在他旁边跪下来，我对自己在医疗方面一无所知深感自责。我旁边的火已经很小了，只有烧焦的木棒的两头微弱的余焰一闪一闪，同灌木烧过后的灰色灰烬混在一起。我漫不经心地猜想，蒙哥马利从哪里搞到的这些木材。这时，黎明的曙光降临。天空变得更加明亮，渐渐退去的月亮在明媚的蓝天上显得苍白平淡。东方的天空蒙上了一层红色的边框。

突然，我听到身后咕咚一声，还有呲呲的吐气声，我看了一眼四周，惊恐地叫了一声，跳了起来。在清晨温暖的天空下，大团的黑烟从围场冒出来，透过浓密的烟雾，偶尔迸出血红的火苗。接着，苫着茅草的屋顶也被点着了。我看着火苗蜿蜒着卷过斜苫着的茅草。一束火光从我那间屋的窗户喷了出来。

我立刻明白发生了什么。我记得自己听到咣当一声。我冲出来救蒙哥马利时，将煤油灯碰翻了。

我一脸绝望，我根本不可能将围场里的东西抢救出来。我的心思重新回到我的逃离计划上，我猛地转过身，我要找到那两条船停泊在海边的位置。它们不见了！我旁边的沙滩上有两把斧子，到处是木屑和碎片，篝火的灰烬渐渐变黑，在黎明的空气里余烟未尽。蒙哥马利为了报复我，为了阻止我重返人的世界，已经将船烧毁了。

我心里突然腾起一股怒火，恨不得将他的脑袋打碎。可是，他却无助地躺在我的脚边。这时，他的手突然动了一下，非常虚弱，非常可怜，我的火气居然消失了。他咕哝着什么，他的眼睛睁开了一会儿。我跪到他身边，扶起他的头。他再次睁开眼，静静地注视着黎明，然后，他的目光和我的碰在一起。他的眼睑垂了下来。

“对不起。”过了一会儿，他说道，费了很大的力气。他似乎想要思考什么。“终结……”他嗫嚅道，“这个愚蠢的世界终结了。混乱……”

我听着。他的头无力地倒向一边。我想，喝点水也许能让他再醒过来；但是，既没有水，也没有容器去附近打水。他好像突然一下子变得更沉了。我的心凉了。我俯身贴近他的脸，手从他衣服上的口子伸进去。他死了；就在他死去之时，在海湾的阴影之上，一道炽烈的白光，从东方升起，那是太阳的边缘。太阳的光芒洒满天空，阴暗的大海霎时间波光粼粼，炫得人睁不开眼，仿佛一份荣耀落在他因死亡而干瘪的脸上。

我将他的头安放在我简单为他卷成的枕头上，然后站起身来。我的前面是波光闪烁的茫茫大海，我已经领教了在大海上漂泊的孤苦无依；在我的身后，是这座岛，在黎明的晨曦中，它静谧安详，岛上的兽人悄无声息，躲在看不见的地方。围场连同其中的物资和弹药由于突如其来的大火轰然烧毁，断断续续传来噼里啪啦的响声和坍塌的声音。浓烟没有飘到我所在的海边，而是贴着远处的树梢翻滚着，朝峡谷里的那些小窝棚方向移去。我旁边是烧焦的船的残骸和四具尸体。

这时，从灌木丛中出来了三个兽人，全都耸着肩，头部显得很突兀，畸形的手怪模怪样地举着，眼睛似乎在询问，但目光不是很友善，它们犹犹豫豫地向我走来。

第二十章　只身伴兽人

我看着这些人，仿佛看到了我在它们当中的命运，现在我只有一只手——实际上就是个独臂人，因为我的一条胳膊断了。我的口袋里有一把左轮手枪，但枪里没子弹。在海边散落的碎木屑之间有两把斧子，他们就是用这两把斧子把船劈了。潮水在我身后缓缓涌动。只能凭勇气来应付了，除此别无他法。我冷静地盯着这些走上前来的怪物的脸。它们避开我的目光，它们不停地抽动鼻子，来试探躺在我附近沙滩上的尸体。我朝前走了几步，捡起那条沾有血渍的鞭子，它就丢在狼人的尸体旁边，啪地甩了一声。它们停下来，瞪着我。

“敬礼！”我说，“鞠躬！”

它们犹豫着。其中一个弯下膝盖。我重复了一遍我的命令，我的心跳到了嗓子眼儿，朝它们走近了一步。一个跪倒了，另外两个也跟着跪倒了。

我转身朝那些尸体走去，我的脸却一直朝向那三个跪着的兽人，就像一个演员从舞台上走过，却面朝观众一样。

"它们违反了法律，"我说，一只脚踏在宣法者的尸体上，"它们已经被处死——甚至宣法者也不例外；甚至拿鞭子的另一个人也不例外。法律是威严的！过来看。"

"没有谁逃得掉。"其中一个说，走上前偷觑。

"没有谁逃得掉，"我说，"所以，听着，按我的命令做。"它们站起来，疑惑地看着彼此。

"站在这儿。"我说。

我拾起两把斧子，一边一个挂在我胳膊上的吊带里；将蒙哥马利翻过来；将他那只装满子弹的左轮手枪拾起来，弯腰继续翻找，发现他的口袋里还有六发子弹。

"把他抬起来，"我站起身，用鞭子指着说，"把他抬起来，从这儿抬走，扔到海里去。"

它们上前来，显然，它们仍然惧怕蒙哥马利，但更害怕我将那条红色鞭子甩得啪啪响；它们磨磨蹭蹭地犹豫了一会儿，我又甩了几下鞭子，吼了几声，它们才战战兢兢地将他抬了起来，将他挪到海边，走进波光粼粼的大海，浪花四溅。

"继续走！"我说，"继续！把他扔得远一些。"

它们走到了水齐肩深的地方，站在那里看我。

"好了。"我说。蒙哥马利的尸体伴着一阵水花消失了。我的胸口好像有什么东西紧了一下。

"不错！"我说，声音有点卡壳；它们急急忙忙跑回到岸边，神情紧张，在银色的海水里留下一条长长的黑色踪迹。到了岸边，它们停了下来，转身凝视着大海，好像它们在期待蒙哥马利从那里站起来向它们索命一样。

“现在轮到这些了。”我说，指着其他的尸体。

它们小心翼翼，尽量不靠近它们将蒙哥马利的尸体抛入水中的地方，相反地，它们抬着那四个兽人的尸体沿着海边斜行了大约一百码的距离，然后走入海水中，将尸体扔了。

我看着它们处理马灵残缺不全的尸体，这时，我听到身后有轻轻的脚步声，我一个急转身，看见那个块头很大的鬣狗猪人在大约十二码远的地方。它的头低着，荧亮的眼睛一动不动地注视着我，它的一双粗笨的手紧握着垂在身体的两侧。我转过身时，它不再蹲着，它的小眼睛转向别处。

我们站着对视了一会儿。我扔下鞭子，握住了口袋里的手枪；因为我已决定，只要有机会，就杀死这个目前岛上最难对付的畜生。这似乎有点无情无义，但我意已决。相对于其他两个兽人，我更害怕的是它。我知道，如果它继续活着，对我就是一个威胁。

我大概用几秒钟的时间让自己镇静下来。然后，我喊道：“敬礼！鞠躬！”

它吼了一声，亮出它的牙齿。“凭什么我应该对你……”

也许是有些过于紧张，我一下子抽出了左轮手枪，直接对准它开了一枪。我听到它叫了一声，只见它向旁边的路上跑去，转了个弯，我知道没打中，用拇指重新扣开扳机，又开了一枪。但它已经跑了，来回躲闪着，我不敢再错过一次。它不时转头看我。它沿着海滩斜着跑走了，消失在从围场大火中不断飘出的浓烟当中。我站在原地朝它跑走的方向注视了一会儿，再次转身对着那三个驯顺的兽人，示意它们丢下抬在手上的尸体。然后，我回到尸体旁边的火堆，用脚不停地踢起沙子，直到已经发暗的血迹全部被沙子埋住看不见才停了下来。

我挥手遣散了三个兽人奴仆，走进了海边的灌木丛。我手里拿着枪，鞭子和两把斧子一起塞在胳膊上的吊带里。我急于想自己单独待一会儿，来思考我现在的处境。我开始意识到，目前唯一一件可怕的事情是，整个岛上已经没有一处我可以独自安全地休息或睡觉的地方了。离开海滨不久，我的体力不可思议地恢复了，但我还是动不动就会感到紧张，任何大的压力都可能让我崩溃。我觉得自己应该穿过这个岛去和那些兽人打成一片，获得他们的信任，从而保证我自己的安全。但我心里接受不了。我又回到海边，向东经过燃烧着的围场，朝着一片珊瑚沙走去，这片珊瑚沙一直向礁石方向延伸。我可以在这里坐下来思考。我背朝大海，岛上任何异常都在我的视线之内。我坐在那里，下巴顶在膝盖上，阳光直射在我的头上，心里有种说不出的恐惧，盘算着在安全的时间里（如果能够安全的话）如何撑持下去。我尽可能静下心来回顾整个局面，但很难不受情绪的干扰。

我开始在心里琢磨为什么蒙哥马利会如此绝望。“它们会变的，”他说过，“它们肯定会变。”还有摩罗，摩罗都说过什么？“顽固的兽性一天天重新恢复。”然后，我看到了鬣狗猪人。我敢肯定，如果我不杀了那个畜生，它一定会杀了我。宣法者死了，雪上加霜。它们现在明白了，我们这些拿鞭子的也可能被杀死，即使它们自己也同归于尽。它们是否已经走出葱翠的蕨草丛和棕榈树林，在偷偷观察我，直到看着我走进它们的地盘？它们是在计划着对付我吗？鬣狗猪人都告诉了它们什么？我神思恍惚，陷入虚幻的恐惧的泥淖之中。

海鸟的尖叫声打断了我的思考，它们正向被海浪冲到海滩上的黑家伙飞去，那个东西就在围场附近。我知道那个东西是什么，但我没心思过去将这些海鸟赶走。我开始沿着海边朝相反的方向走去，故意绕过岛东边的转角，接近那些窝棚所在的峡谷，这样可以不经过可能有伏兵的灌木丛。

大约沿着海滩走了半英里，我发现那三个兽人中的一个穿过岛上的灌木丛向我走来。我当时被自己的胡思乱想弄得神经过敏，立刻拔出了左轮手枪。甚至这个家伙表示和解的手势也没能让我收起武器。它朝我走来，同时显得犹豫不决。

“走开！”我喊道。

这个兽人低声下气的样子有什么地方让人想起狗。它后退了几步，像极了正在被送回家的狗，然后停下来，用一双狗特有的棕色眼睛哀求地看着我。

“走开，”我说，“别靠近我。”

“我不可以走近你吗？”它说。

“不可以！走开！”我继续说，同时甩响了鞭子。然后，我把鞭子咬在嘴里，弯腰捡了一块石头，我用它威胁要赶走这个兽人。

于是，我独自一人来到兽人的峡谷附近，藏在杂草和芦苇之间，这些杂草和芦苇将这条峡谷同大海隔离开来，我就在那里观察它们，试图从它们的手势和表情判断出摩罗和蒙哥马利的死，以及痛苦之家的毁灭对它们产生了什么影响。我现在明白自己的怯懦是多么的愚蠢。只要我像黎明时一样勇敢，只要我不让这勇气在孤独的思考中消退，我就可以掌握摩罗空出来的大权来统治这些兽人。所以说，我失去了一个机会，只能在我的同僚中当个头儿了。

快到中午时，它们中有几个过来在滚烫的沙子里打滚儿。饥渴战胜了恐惧。我从灌木丛中走了出来，手里拿着左轮手枪，我朝着坐在那里的兽人走去。一个狼人转过头盯着我，其他几个也同样转头盯着我。没有一个想要站起来对我行礼。我又晕又累，简直坚持不住了，但我挺住了。

“我需要食物。”我走近它们，说道，语气几乎是在恳求。

“窝棚里有食物。”一个牛猪合成人说，懒洋洋地，眼睛看着别处。

我从它们旁边经过，走进几乎空无一人的峡谷的阴影和难闻的气味中。在一间空窝棚里，我找到了一些已经长出斑点的、快要烂掉的果子，美美地吃了一顿；然后，我将一些树枝和木棍儿撑在出口处，面朝着它躺了下来，手放在枪上，过去三十个小时的疲倦一起袭来，我坠入梦乡，希望我竖在那里的单薄的屏障在被挪动时会发出足够大的声响，使我不致被偷袭。

第二十一章　兽态复萌

就这样，我成了摩罗博士的岛上这些兽人中的一员。我醒来时，天已经黑了。裹在绷带里的胳膊感觉很痛。我坐起来，开始还在想自己是在哪里。我听见外面有粗哑的声音在交谈。接着，我便看到我的那些屏障已经不见了，窝棚的出口处没有任何遮拦。我的枪还握在手里。

我听见有什么东西在喘气，随后看到什么东西蜷缩在我旁边很近的地方。我屏住呼吸，想看清楚那是什么。它开始慢慢地、挨挨蹭蹭地移动。然后，一种柔软的、温暖的、湿乎乎的东西从我的手上爬过。我全身的肌肉都绷紧了。我的手缩了回来。差点惊得喊出声来，却又憋回到嗓子里。我马上意识到是怎么回事，手指依旧抓着左轮手枪。

“谁？”我低沉地问了句，枪依然指着。

“我！主人。”

“你是谁？”

“它们说现在没有主人了。但我知道，我知道。我把尸体抬到了大海里，走到海里去！那些尸体都是你杀的。我是您的奴隶，主人。”

“我在海边见到的是你吗？”我问道。

“是的，主人。”

这个家伙显然十分忠诚，因为它完全可以在我睡着的时候收拾掉我。“很好。”我说，同时伸出手让它再次舔吻。我开始明白它的出现有什么意义，勇气在我的周身涌动。“其他的都在哪里？”我问道。

“它们都疯了；它们都是傻瓜，”狗人说，“它们甚至现在还在那里议论。它们说：‘主人已经死了。拿鞭子的另一个已经死了。那走到海里的另一个和我们一样。我们再也没有主人、鞭子和痛苦之家了。结束了。我们热爱法律，并且要遵守法律；但是再也没有痛苦，没有主人，没有鞭子了。’它们是这么说的。但是我知道，主人，我知道。”

黑暗中，我摸到狗人的脑袋，拍了拍。“很好。”我又重复了一遍。

“现在，你要把它们都杀了。”狗人说。

“现在，”我答道，“我要把它们全杀了。过几天，等处理完一些事情之后。它们谁都跑不了，除了那些你替它们求情的，它们每一个都得死。”

“主人希望杀谁，就杀谁。”狗人说，声音里有一种满足感。

“它们的罪会更重，”我说，“让它们傻乎乎地活着吧，我们要等到时机成熟。不要让它们知道我就是主人。”

“主人的意愿是美好的。”狗人说，那种老练完全出自它的狗性。

“但有一个已经被定了罪，”我说，“它，我一定要杀掉，无论我什么时候见到它。如果我对你说‘就是它’，你必须扑上去。现在，我要去看看已经集合起来的男男女女。”

狗人出去时，窝棚的出口黑了一下。我在它后面出去，站直了身子，我刚好站在听到摩罗和他的猎鹿犬追我时我所站的地方。但现在已经是晚上了，瘴气弥漫的峡谷四周一片黑暗；在稍远的地方，我看到的不是绿茵茵的、被阳光照亮的山坡，而是一团红红的火光，火光前面是一群弓着背的奇形怪状的身形，它们来来回回地移动着。更远处是茂密的树林，一团漆黑，高处的树枝为它加上了一道黑边。月亮正从峡谷的边上升起，岛上的火山喷气口长年不断喷出的气体盘旋着飘上天空，像一条带子从月亮表面穿过。

“跟在我边上。”我说。我鼓起勇气，我们一道走过狭窄的小路，并不在意窝棚外面偷看我们的那些东西。

火边的兽人没有一个想要对我行礼。它们大部分根本看都不看我一眼，一副自负高傲的样子。我环顾四周，寻找鬣狗猪人，但它不在。大概有二十个兽人，它们蹲在一起，注视着火光，或者交谈着什么。

“他死了，他死了！主人死了！”是猿人的声音，它对我右边的兽人说。“痛苦之家……没有痛苦之家了！”

“他没有死，”我高声说道，“他现在正看着我们！”

这让它们大吃一惊，二十双眼睛齐对着我。

“痛苦之家没有了，”我说。“它还要再建起来。主人你们是看不见的；但就在现在，他正在你们中间听你们谈话。”

“千真万确，千真万确！”狗人说。

它们对我从容自信的话语感到惊愕不已。动物可能十分凶残狡猾，但只有人才会说谎。

“这个胳膊上吊着绷带的人说的事情很奇怪。”一个兽人说。

“我告诉你，事情就是如此，”我说，“主人和痛苦之家都会再次出现。违背法律者必遭祸殃！”

它们迷惑地相互对视。我漫不经心地开始用斧子在面前的地上砍起来。我注意到它们在看我在草皮上砍出的深深的斧痕。

这时，那个半兽人提出它的疑问。我回答了它。接着，一个浑身斑点的兽人表示反对，于是，在火堆边开始了一场激烈的争论。我开始愈加相信，我现在每一分钟都是安全的。由于极度的兴奋，我这会儿说起话来一点儿结巴也不打了，开始的时候，这真给我添了不少麻烦。大约在一个小时的时间里，我已经成功地说服了好几个兽人，使它们相信我说的一切都是真的，其余也大都被我说得半信半疑。我始终在搜索我的敌手鬣狗猪人，但它一直没有出现。每一个可疑的动静都让我心头一惊，但我的信心在迅速增强。当月亮开始从天顶缓缓下坠，我的这些听众们开始一个个打起了哈欠（在渐渐变暗的火光中亮出奇形怪状的牙齿），它们一个接一个地回到峡谷中的那些小窝棚中；我因为害怕寂静和黑暗，也和它们一起离开了这里，我知道，和它们在一起，比我独自一人更安全。

我就这样开始了在摩罗博士的岛上更长时间的旅居生活。但是，从那天晚上起，直到最后，除了一连串微不足道的小细节——它们确实令人感到不快，以及因为总是不自在而烦躁焦虑之外，只有一件事情值得一提。所以，我不想唠叨那段日子的点点滴滴，我更想讲讲那十个月里唯一重要的事，在十个月的时间里，我和那些只有一半是人的野兽亲密无间。这在我的记忆中留下了很多我可以写下来的东西——这些东西我可能很愿意让我的右手记下来，但它们对我要讲的故事没有什么意义。

回过头来想，简直不可思议，我怎么那么快就和这些怪物打成一片，而且重新获得了勇气。我当然和它们发生过争吵，我身上还留有它们的牙印儿；不过，因为我石头扔得很准，加上我的斧子很锋利，它们很快便对我崇拜得五体投地。我的圣伯纳德狗人无比忠诚，什么都愿意为我干。我发现对荣誉的衡量主要是看承受剧烈的创伤的能力。的确，可以说——我希望这绝不是虚荣的夸张——我在它们中间具有某种至高无上的地位。有一次我高兴的时候——这种情况少之又少——我曾经让那么一两个兽人伤得不轻，它们因此怨恨我；但这种怨气也只是在我背后发泄一下，在我的子弹打不到的安全距离之外做做鬼脸。

鬣狗猪人一直躲着我，但我始终没有放松对它的警惕。跟我形影不离的狗人对它恨之入骨，又怕得要命。我绝对相信，那种恨源自这个畜生对我的依恋。我很快便明显地察觉到鬣狗猪人开荤了，和豹人一模一样。它在林子里的某个地方给自己弄了个窝，离群索居。一次，我试着诱使兽人们去猎捕他，但我还没有让它们为了一个目标相互合作的权威。我一次又一次地试图接近它的巢穴，想在它没有察觉的情况下靠近它；可是，它始终对我十分警觉，总能看见我或绕开我，然后躲到别处去。它也使树林里的每一条小路对我和我手下的这伙兽人变得危险重重，因为它设置了种种机关。狗人几乎不离我左右。

开始的一个月里，兽人与后来的情况相比，与人十分接近，我甚至说服了我身边的一两个狗人朋友能够友好地彼此容忍。那个粉色的小树懒人对我表现出一种奇怪的情感，也开始身前身后地跟着我。不过，猿人对我很是厌烦，凭着它五个手指的力量，它认为自己和我是平等的，它总是打断我的话，满嘴的胡言乱语。它有一件事让我觉得很好玩，它有一个很荒唐的本事，就是造新词。我相信，它认为喋喋不休地说一些没有任何意义的名称就是话语的正当用途。它说“大想”来区别于“很少想”[1]，诸如此类的趣事。如果我说一句话，它不懂，它就会对这句话大加赞赏，要求我再说一遍，我把这句话记在心里，然后对那些比较温和的兽人不停地说，但我会说错某个字。它对简单易懂的东西不屑一顾。我发明了几个非常古怪的类似于“大想”一类的词语让它在特殊的情况下使用。我觉得它是我见过的最愚蠢的生物，它用最奇妙的方式掌握了人最愚蠢的特点，却同时保留了一点猿猴天生的荒唐。

较早的几个星期里，我就是这样独自与这些兽人相处。那时，它们对已经确立的法律还是遵守的，它们的行为也基本得体。有一次，我又发现一只兔子被撕成了碎片，是鬣狗猪人干的，我敢肯定，但我能确定的也只有这一点。大概是在五月吧，我第一次明确地感觉到它们的言谈举止在渐渐改变，发音越来越不清楚，越来越不愿意讲话。猿人的喋喋不休音量提高了许多，但越来越难以理解，越来越像猿猴。其他兽人有的似乎已经完全不会讲话了，尽管它们当

① 原文为“big thinks”和“little thinks”，猿人不知道“little”也有“很少”的意思，所以用“big”（大）作为“little”（小）的反义词。——译者

时依然能听懂我对它们说的话。(你能想象那种情景吗?曾经清楚精确的语言,渐渐地被弱化,然后消退,失去了形态,没有了新的输入,重新变成了零散的声音。)它们越来越不能直立行走。尽管它们明显对自己感到羞愧,但我还是不时看到有兽人依靠脚趾和手指的抓力奔跑,已经不可能恢复直立的姿势了。它们拿东西的样子更加笨拙,饮水时发出吮吸的声音,吃东西时又啃又咬,而且越来越粗野。我愈加强烈地意识到摩罗告诉我的"顽固的兽性"。它们在退化,而且退化的速度非常之快。

它们当中有一些——最早接受这一实验的兽人,我吃惊地注意到,它们都是雌性——开始无视礼仪规范,而且大部分是有意为之。其余的甚至试图公然挑战一夫一妻制。法律传统显然正在失去其威力。我不能继续纠缠于这个令人厌恶的话题。

我的狗人在不知不觉间重新恢复成为狗的样子;日复一日,它不再说话,用四肢行走,毛发渐渐浓密。我几乎没有注意到我右边的同伴如何变成了我旁边这只摇摇晃晃的狗。

因为漫不经心和混乱无序的状态日益严重,那片狭小的居住区变得令人恶心,尽管它从来就不是怡人之所,以至于我离开了那里,我回到岛的另一端,在摩罗的围场焦黑的废墟中间用树枝为自己搭了一间棚屋。我发现,某种痛苦的记忆仍然使那里成为避开兽人的最安全的场所。

我不可能详细地描述这些怪物退化的每一个环节,不可能说出日复一日,人的样态如何渐渐从它们身上消失;它们如何将绷带和裹布丢到一边,最终连一缕布条都没有剩下;毛发如何开始覆盖了它们裸露在外的四肢；它们的前额如何收缩，面部如何凸出；在我孤独无依的第一个月里，我和它们中的某些兽人建立起来的类似于人的情感的那种亲密感如何变得让我想起来就胆战心惊。

变化是缓慢的，却是无法避免的。无论是对它们，还是对我，这一变化的出现都没有造成任何惊慌。我依然安全地在它们中间走动，因为在这种退化过程中，并没有产生一种震撼，使得渐渐取代人性的兽性突然爆发。但我开始害怕，那种震撼肯定很快就会产生。我的圣伯纳德狗人每天晚上都跟着我到围场来。它的警觉有时能使我在所谓的宁和环境中睡上一觉。那只粉色的小树懒人变得很害羞，它离开我，爬回到树的枝干之间，重新恢复了它的天然样态。我们只是暂时处于一种平衡状态，是“快乐家庭”马戏团兽笼中的某种平衡状态，就像驯兽师将兽笼展示给我们看时的那种状态，只要驯兽师还想接着干。

当然了，这些兽人并没有退化得同读者在动物园看到的那些野兽一模一样，没有变成寻常的熊、狼、虎、牛、猪，还有猿。它们每一个身上还是有一些奇怪的地方；在每一个兽人身上，摩罗都混合了另一种动物的特质。这个或许主体是熊，另一个是猫，再一个是牛，但每一个都沾染了其他动物的成分，某种一般的动物性通过特殊的构成表现出来。残留的些许人性仍然时不时令我感到惊讶，有时是说话能力的瞬间恢复，有时是前脚表现出出人意料的灵活性，有时是可怜地想要直立行走。

我肯定也经历了一些奇怪的变化。我的衣服挂在身上，好像黄色的飘带，透过衣服上的破洞，可以看见晒黑的皮肤。头发长得很长，而且一片一片地粘在一起。有人告诉我，即使现在，我的眼睛都亮得有些不同寻常，只有这样才能敏锐地察觉到任何的风吹草动。

起初，我白天在南面的海滩上眺望船的影子，我希望，我祈祷能来一艘船。一年过去了，我寄希望于图根号的归来；但它再也没有出现。我有五次看到船帆，三次看到煤烟，可是没有任何船只靠近这个岛。我总是将篝火准备好，但毫无疑问，那只会被当作是岛上的火山喷出的火焰。

一直到了九月或十月，我才开始想到做一个木筏。那时，我的胳膊已经痊愈，可以两手并用了。刚开始的时候，我发现自己真的是百无一用。我从未做过木工或类似的活计，一天又一天，我在树林里试着将树砍到，然后绑在一起。我没有绳子，也想不出用什么能做成绳子；随处可见的藤蔓似乎都不够柔韧或结实，而我所受的一星半点的科学教育也无法让我想出办法，使其变得柔韧结实。我花了两周多的时间在围场的废墟里，在船只被烧毁的海边东翻西找，想要找到能派上用场的钉子和其他被丢弃的金属物件。某个兽人会时不时地看着我，一待我发现，它就跳跃着跑开了。雨季来了，狂风暴雨大作，这严重影响了我的工作，不过，木筏终于还是完成了。

我对此特别开心。但是，因为缺少实际经验，这一直是我的致命弱点，我只在海上划出去了一英里左右，我还没来得及把它拖到岸边，它就已经散架了。幸好我没有因为这次试航有什么危险，但同时，失败让我感到钻心的痛苦，一连几天，我只是闷闷不乐地在海滩上游荡，凝视着海水，我想到了死。

不过，我没有刻意寻死，一件事情明白无误地提醒我，让时间这样白白地流过实在是愚蠢至极，因为每个新的一天都充斥着来自兽人的日益紧迫的危险。

我躺在围场墙下的阴凉里，望着大海，一个冰冷的东西碰到了我的脚踝，我悚然一惊，环顾四周，发现那个粉色的小树懒人正对着我眨眼。它已经很长时间不会讲话，也不怎么活动了，小动物特有的直直的毛发一天比一天厚，它的又短又粗的爪子也越发弯曲了。它发出哀哀的呻吟，这以前就引起过我的注意，它朝灌木丛走了几步，回过头来看了看我。

一开始，我没反应过来，但随即我便明白，它是希望我跟它走；最后，我跟在它身后，我们走得很慢，因为白天特别热。到了树林那里里，它爬了进去，因为它的行动在摇荡不定的藤蔓间比在平地上更灵巧。突然，在一块被踩平的地方，我看到了一组骇人的场景。我的圣伯纳德狗人躺在地上，已经死了；它的尸体旁边蜷伏着鬣狗猪人，它正在用它畸形的爪子抓着一块颤巍巍的血肉啃噬着，一边发出兴奋的吼叫声。我走近时，这个怪物抬起荧亮的眼睛迎着我的目光，它的嘴唇在血糊糊的牙齿上抿来抿去，发出一声凶恶的咆哮。这不是害怕，也不是羞愧；它最后的一点人性也已经消失殆尽。我又往前走了一步，停下，拔出了我的左轮手枪。我终于和它面对面了。

这个畜生没有丝毫退缩的迹象，而且它的耳朵不再朝前耷拉，它的毛发竖了起来，身体蜷到一起。我瞄准它的两眼之间开了枪。就在此刻，那家伙一跃而起，直向我扑来，我就像九柱球戏中的木柱一样被掀翻了。它用它那畸形的手来抓我，猛击到我的面部。它的一跃使它从我身上撞过去，我被压在它后半截身体的下面；不过，幸运的是，我打中了，甚至就在它跃起的一瞬间，它就已经死了。我从它肮脏沉重的身体下爬出来，站在那里不停地发抖，盯着它仍在颤抖的身体。至少，这次危险是过去了，但是这只是肯定会出现的一连串兽态复萌的开端。

我将两具尸体都架在一堆灌木上烧了，但是，那之后，我终于明白，除非我离开这个岛，否则我被杀死只是个时间问题。除了一两个例外，兽人那时已经离开了那个峡谷，按照它们自己的喜好在岛上的灌木丛中为自己重新安置了窝穴。几乎没几个在白天活动，大部分都选择白天睡觉，整座岛在一个初次上岛者的眼中仿佛是被弃置的荒岛；但是，到了晚上，它们的嚎叫和咆哮让空气都透出狰狞。我几乎都想对它们进行一次屠杀；想设置陷阱，或用刀与它们搏杀。如果我的弹药充足，我应该会毫不犹豫地开始对它们的杀戮。危险的食肉动物现在可能还剩下二十个；这些食肉动物中比较勇猛的已经死了。我的那条可怜的狗人——它也是我最后的朋友——死去之后，我在某种程度上也采取白天睡觉的方式，以便于在夜晚能够保持警惕。在围场的院墙之内，我将我的棚屋重建了一番，入口特别狭窄，任何动物想要进来，都一定会弄出很大的声响。这些兽人已经不知道怎么生火了，而且重又对火充满了畏惧。我再一次开始砍伐树桩和树枝来制作供我逃离的木筏，现在我可以说是干劲冲天。

我碰到了无数的难题。我是个最不擅长动手的人（我上学的时候还没有手工课）；但我还是通过各种笨办法和很繁复的方法达到了制作木筏的各项要求，这次，我对它的强度格外重视。唯一无法克服的障碍是，在这茫茫无际的海上漂流，我却没有盛水的器具。我甚至尝试烧制陶罐，可岛上没有黏土。我在岛上四处搜寻，我想尽办法来解决这最后一个难题。有时，我无法控制突如其来的怨愤，就对着一棵倒霉的树乱劈乱砍，以发泄我难以忍受的怒火。但我什么办法都想不出来。

新的一天来临了，这是美妙的一天，这一天，我欣喜若狂。我看到一条帆船向西南方向行驶，那是一条小帆船，和小纵帆船差不多大小。我赶紧点着了一大堆灌木，顶着正午的烈日炎炎，站在火堆旁边，目不转睛地看着。我一整天都在看那艘帆船，没吃一口饭，没喝一口水，竟至于头晕目眩；那些兽人聚过来，盯着我，似乎感到迷惑，接着便走开了。夜幕降临，那艘船却依然遥不可及，夜色逐渐吞没了帆影。我整个晚上忙碌不休，使火烧得很旺，火焰很高，那些兽的眼睛在黑暗中闪着荧荧的光，大为诧异。黎明时，我看到那艘帆船靠近了，我看见的是一条小船脏兮兮的三角帆。但它航行的样子很是古怪。我的双眼一直在看，已经疲乏不堪，我眯起眼睛，我简直不敢相信。船上有两个人，都坐着，显得很低，—— 一个在船尾，一个在船舵旁边。船头不顺风，它偏离了航向，所以迷路了。

天渐渐大亮，我开始向他们挥动我最后一件褴褛的夹克衫；但他们没看见我，仍然面对面静静地坐着。我走到海岬的最低处，一边打手势，一边高声叫喊。他们没有任何回应，小船依然漫无目的地漂着，非常非常缓慢地朝着海湾移过来。突然，一只白色的大鸟从船上飞起，那两个人动都没动一下，也没有看一眼；大鸟盘旋一周，张开翅膀从他们头顶掠过。

于是，我不再高声呼喊，而是在海岬上坐下来，双手托着下巴注视着那条船。慢慢地，慢慢地，它飘过来，向西而去。我恨不得游过去，但是，有什么东西—— 一种冰冷模糊的恐惧——阻止了我。下午，潮水使船搁浅了，将它撂在距离围场废墟西面一百码左右的地方。船上是两个死人，他们已经死了很长时间，我将船倾斜，将他们往外拖时，他们立刻散了架。其中一个一头乱蓬蓬的红发，很像图根号的船长，船的底部有一顶脏兮兮的白帽子。

我站在船边，三只兽人偷偷从灌木丛钻了出来，用鼻子朝我嗅探。我感到一阵阵的恶心。我把小船推到海边，爬了上去。三只兽中有两只是狼，它们喷着鼻息，两眼放光地走上前来；第三个是难以名状的熊和牛的混合体，样子十分可怕。我看到它们靠近那些尸体的残留物，听到它们彼此相对嚎叫，瞥见它们牙齿亮森森的光，先是觉得厌恶，随后是一种近乎狂乱的恐惧。我背对着它们，扯起船帆，开始将船向海上划去。我甚至不想再回头多看一眼。

然而，那天晚上，我就待在这座岛和礁石之间，第二天早上，我又绕到小溪边，将船上的水袋灌满了水。然后，我用了最大的耐心采了大量的果子，用我最后三颗子弹射杀了路上的两只兔子。做这一切的时候，因为害怕兽人，我将船系在礁石和岛之间一块突出的地方，

第二十二章　伊人独往来

傍晚时分，我开始行动，顺着西南风，我将船驶进大海，船行得很缓慢，但很稳定；岛越来越小，火山喷气口冒出的直直的烟柱在骄阳下渐渐变得游丝般纤细。海洋在我周围波起浪涌，我不再看得到低处的阴暗的地方。白昼是太阳的光辉，它从天空中一点点退去，仿佛明亮的幕布被拉向一旁，我终于将目光转向因为阳光而在白天隐匿起来的蓝色海湾，它是如此壮阔，我看见密集的星光在海湾里浮荡。大海是静谧的，天空是静谧的。我独沉浸在这静谧的夜色中。

我漂泊了三天，三天里，我只吃了极少的食物，喝了极少的水，我一直在想自己的这次遭遇——当时并不是特别想再次见到人。我身上的衣服又脏又破，头发成了乱糟糟黑漆漆的一团乱麻——发现我的那些人毫无疑问以为我是个疯子。

真是不可思议，我并不想重返人类。我只是庆幸自己摆脱了兽人的淫猥。第三天的时候，我被阿皮亚开往旧金山的一艘帆船救起。从船长到船员，没有人相信我的故事，他们认为，与世隔绝和种种危险把我逼疯了；因为担心其他人也会持同样的看法，我迫使自己不再讲我的历险故事，而是承认从薇恩夫人号失事到我重新被救起——中间隔了一年，这之间的事情，我什么都想不起来了。

我必须格外小心，以避免别人怀疑我是个疯子。我关于岛上法律的记忆，关于那两个死去的水手、黑暗中的伏击、藤蔓丛中的尸体等种种记忆在我心中萦绕；重新回到人类的怀抱，没有我期待已久的信任和同情，相反，一切都显得不自然，我在岛上所体验过的不安全感和恐惧感莫名其妙地加深了。没有人相信我；在人们眼里，我是个怪物，就跟我在兽人眼里一样。我可能染上了我那些兽人同伴身上天生的野性。他们说，那种恐惧是一种病，但不管怎样，现在已经几年过去了，我分明看到，一种令人坐卧不宁的恐惧一直盘踞在我的心里——半驯化的小狮子或许也有这种坐卧不宁的恐惧。

我的问题荒诞不经。我无法说服自己我现在遇到的那些男人和女人不是另一种兽人，他们可能也是有一半被扭曲成人的外表的动物，而且他们当下就会恢复兽性——先是这种，然后是另一种。但我向一位有异禀的人讲述了我的经历，他认识摩罗，似乎对我的故事半信半疑。他是一位精神科专家，给我提供了巨大的帮助，尽管我不指望将岛上的恐怖忘得一干二净。多数时间里，它总是隐隐浮现在我的脑海，那是一团飘浮不定的云，一个记忆，一种模糊的怀疑；但有时，这一小朵阴云会弥漫开来，使整个天空暗淡无光。这时，我便环视我周围的人们，我陷入恐惧中。我看见一张张的面孔，有些聪明热情；有些呆滞枯槁或阴险狡诈；其余的则捉摸不定，毫无诚意——没有一张脸表现出理性灵魂的从容镇定。透过这些脸，我好像感觉到兽性在急剧膨胀；此时此刻，岛上居民所经历的堕落将会在一个更大的范围内一再地被重演。我知道这是一种幻觉；我周围这些装模作样的男人和女人是千真万确的男人和女人，永远不会变的男人和女人，是最有理性的生命，充满人的愿望和温柔的挂念，他们挣脱了本能的束缚，他们不是任何虚妄的法律的奴隶，是和兽人完全不同的生命存在。但我却对他们退避三舍，我躲开了他们好奇的目光，他们的追问和帮助，远远地离开他们，一个人独处。正是因为这个原因，我住在广阔的丘陵地区附近，这里少有打扰，当阴影笼罩了我的心灵，我也可以有个逃避之所；而且空旷的丘陵地区在晴空下显得格外恬静。

我住在伦敦的时候，这种恐惧简直到了无法忍受的地步。我根本躲不开人群，他们的声音从窗户传进来。紧锁的房门形同虚设。我真想冲到街上去和我的幻觉搏斗一番，那些寻觅伴侣的女人会跟在我后面喵喵叫；形容鬼祟、欲火中烧的男人则会对我投来嫉妒的一瞥；疲惫不堪、面色苍白的工人咳嗽着从我身边走过，眼神呆滞，步履匆匆，如同受了伤的鹿，血不断地往下滴；老人弓腰驼背，死气沉沉，一边走，一边心不在焉地对自己嘟囔着什么，身后跟着一群衣衫褴褛、嬉闹嘲弄的孩子。于是，我折进一间教堂模样的建筑，甚至在那里，我还是惴惴不安，牧师的嘴里含混不清，好像在说什么“大思想”，和猿人一模一样；我进到图书馆，伏在书本上神情专注的脸似乎只是在耐心地等着做祈祷。火车和公交车上那些乏味的、面无表情的脸尤其令人作呕，与其说他们是我的同胞，倒不如说是一些死人，所以，我不敢坐车，除非我确定车上只有我一个人。即便我看上去不是一个心智健全的人，而只是一个动物，因为我的脑了莫名其妙地一团混乱，所以独自漫无目的地游荡，就像一只患了眩倒病的羊。

不过，我现在很少处在这样一种状态了，这我要感谢上帝。我已经从纷乱不堪的状态中恢复过来，我每天都在读充满智慧哲理的图书，它们是我们生活中一扇扇明亮的窗子，因为人们善良的灵魂而光芒四射。我很少见生人，我有一幢小宅子。我将一天天的时间都花在了读书和做化学实验上，很多个不眠之夜，我都在天文学研究中度过。群星璀璨的天国会让人感到无限的宁静和安全，虽然我不知道怎么会这样或为什么会这样。我想，答案肯定存在于事物的宏大永恒的法则当中，而不在人的日常烦恼、罪恶和麻烦当中，无论是什么东西使我们优于动物，我们都一定能为它找到慰藉和希望。我希望如此，否则，我将无以生存。

就这样，我的故事在希望和幽居中结束了。

爱德华·普伦迪克